FOLIO BIOGRAPHIES

collection dirigée par

GÉRARD DE CORTANZE

Ibsen

par

Jacques De Decker

Gallimard

Crédits photographiques

1 : Rune Aakvik. 2, 10, 11, 12, 13, 14 : Oslo, Norsk Folkemuseum. 3, 4 : Tom Riis. 5 : G. Dagli Orti-Art Archive. 6 : Bernand. 7 : Marc Enguerand. 8 : coll. Christophe L.-D.R. 9 : Brigitte Enguerand.

Jacques De Decker est nouvelliste et romancier (*La Grande Roue*, *Parades amoureuses*, chez Grasset), mais surtout auteur de théâtre : ses pièces ont été jouées jusqu'en Australie. Il a lui-même traduit Shakespeare et Simon Gray, Schnitzler et Hugo Claus, Kleist et Woody Allen. Critique littéraire au *Soir* de Bruxelles depuis trente-cinq ans, il est secrétaire perpétuel de l'Académie royale de langue et de littérature française de Belgique.

Avant-propos

Né dans un pays qui n'accéderait à l'indépendance qu'un an avant sa mort, se servant d'une langue qui n'était pas établie, il édifia une œuvre qui, en dépit de ces handicaps et en quelques années, devint l'une des plus retentissantes au monde. Fascinante trajectoire que celle d'Henrik Ibsen. Elle n'a pas besoin d'être exaltée pour prendre des allures de légende. Il suffit d'en suivre les étapes, et l'on voit se déployer une personnalité qui réalisa ce qu'elle ne cessera d'enjoindre aux autres : devenir soi. Le fils du commerçant déchu d'un petit port du sud de la Norvège devint l'auteur le plus fameux de son temps, imprégnant l'art du théâtre de façon décisive, au point qu'on peut le considérer comme un fondateur essentiel de la dramaturgie moderne. Tous les langages dramatiques, cinéma et télévision compris, lui sont redevables. Fêté de son vivant non seulement comme l'auteur le plus important de son pays qu'il ne s'était jamais privé de fustiger et comme l'un des géants des lettres scandinaves, sa réputation dépassa bientôt la pointe septentrionale de l'Europe, et s'imposa un peu partout.

Cet engouement aurait pu être passager, l'effet d'une mode. Il se confirma avec le temps. Ibsen figure désormais au fronton de l'écriture théâtrale, où il côtoie Sophocle, Shakespeare, Molière, Goldoni ou Schiller. Mais, à la différence de ceux-ci, à qui il arrive trop souvent d'être traités comme des monuments, son propos continue de susciter la controverse et demeure en partie énigmatique. Il veilla d'ailleurs personnellement à préserver ses secrets, à ne pas fournir les clés de ses œuvres. Il ne s'obstina pas dans le projet, caressé un temps, de rédiger un commentaire de ses livres, il n'insista pas lorsque son éditeur le dissuada d'écrire une sorte de « Ibsen par lui-même ». Il aimait répéter que l'artiste est là pour poser des questions, et non pour administrer des réponses. Il était très évasif lorsqu'on l'interrogeait sur ses lectures, prétendant passer plus de temps à lire la gazette du jour que les grands penseurs. Lorsqu'on remarquait que la Bible était mise en évidence dans son cabinet de travail, il disait qu'il la consultait fréquemment « à cause de la langue ». Il n'était pas du genre à abonder en gloses personnelles. Pourtant, il est l'un des écrivains modernes les plus étudiés, et a suscité, parmi ses pairs, de réelles vénérations : Joyce, à dix-huit ans, se mit à apprendre le norvégien pour pouvoir lire Ibsen dans le texte et lui exprimer, par écrit, dans sa langue, son admiration éperdue.

Cette position centrale dans l'histoire du théâtre s'acquit cependant de haute lutte. Ibsen rencontra d'abord l'embûche de la langue : il écrivait dans cette forme singulière de danois mâtiné d'expressions et d'accents typiquement norvégiens que peu de professionnels de l'art dramatique non scandinaves possèdent assez pour pouvoir le fréquenter intimement. En langue française, par exemple, il a été traduit par d'éminents chercheurs, par des traducteurs fervents, par des admirateurs zélés, dont les mérites sont insignes. Le comte Prozor fut le grand pionnier de sa cause. Pierre Georget La Chesnais publia, au prix d'un engagement titanesque qui le mobilisa durant un demi-siècle, ses œuvres complètes en seize volumes. Régis Boyer, le maître des scandinavistes contemporains, a lui aussi déployé des efforts admirables pour nous le rendre plus proche. Ils ne furent pas les seuls, même s'ils sont les principaux. La vibration de la langue de ce grand orfèvre nous est-elle pour autant accessible ? En allemand, en anglais, il en va autrement. L'allemand était la langue étrangère la plus familière à Ibsen, ce qui lui permit de superviser les traductions. En anglais, même si la percée fut un peu plus lente, l'approche de son génie très particulier s'avéra plus sensible, ce qui explique sans doute l'adhésion enthousiaste qu'il obtint auprès des écrivains britanniques et américains, comme George Bernard Shaw, Henry James ou Arthur Miller.

En France, des défenseurs acharnés et de grand talent, de Lugné-Poe à Patrice Chéreau ou à Stéphane Braunschweig, ont relayé le travail des pionniers et des chercheurs, mais un écran demeure. Ce qui explique peut-être que Ibsen continue d'inquiéter. On entend souvent, dans le milieu théâtral, prétendre qu'il est génial mais inaccessible, voire impossible à mettre en scène. Une pièce comme *Hedda Gabler*, l'une des plus jouées en français pourtant, fait peur : lorsqu'une de ses représentations est décevante, on va jusqu'à dire qu'il aurait mieux valu s'abstenir, que de toute façon elle porte la poisse.

D'un certain point de vue, c'est bon signe. Ibsen n'est manifestement pas encore intégré, récupéré, classé au rayon des classiques incontestés. Sa dernière œuvre, *Quand nous nous éveillerons d'entre les morts*, reste pour une part un diamant noir qui n'a toujours pas été percé à jour. Elle a plus d'un siècle, elle est écrite par un écrivain illustre étudié dans le monde entier, et elle paraît toujours aussi insondable, sans présenter néanmoins de symptômes visibles d'opacité. Ibsen était l'architecte d'intrigues aussi claires que possible, il a toujours évité que sa langue fût difficile, il ne voulait d'ailleurs pas imposer son langage, il « laissait parler » ses personnages avec un art consommé de la personnification des êtres par leur idiome propre. Rien ne rend ses grandes pièces difficiles au premier abord, on peut même considérer Ibsen comme l'initiateur de la dramaturgie la plus courante d'aujourd'hui : les cours de *creative writing* anglo-saxons ne cessent de citer son œuvre en exemple, avant tout bien sûr les grandes pièces réputées réalistes qui se succèdent de *Maison de poupée* à *John Gabriel Borkman*. C'est un malentendu, parce que le réalisme dit psychologique pratiqué par ses innombrables imitateurs n'a plus qu'un lointain rapport avec son œuvre.

Ses motivations, surtout, importent, et éclairent du même coup son travail. Dans ses textes ultimes, Ibsen avait recours à cette esthétique de la mimésis parce qu'elle lui paraissait la plus propice à réaliser son objectif : placer le spectateur devant la complexité vertigineuse des êtres. L'homme qu'il nous fait observer sur la scène, dont il se sert comme d'un révélateur photographique, il ne veut à aucun prix le simplifier, le schématiser. Un de ses grands apports à la pratique théâtrale est ainsi d'avoir rompu avec la notion de « type ». Il ne nous présente pas des avares, des prodigues, des traîtres, des candides comme ils fourmillaient dans le vaste répertoire que dans sa jeunesse il avait été tenu d'explorer en tous sens. Il cherche avant tout à montrer combien un être humain ne se laisse justement pas réduire à un caractère, à une seule dimension qui le résumerait à bon compte.

Comment en est-il venu là ? Comment s'est-il mis en condition d'élaborer au cours des vingt dernières années de sa vie active cette décade de pièces magistrales qui est l'un des grands massifs créatifs de l'histoire de son art ? Retracer son parcours biographique permet d'éclairer cette question. Il faut voir comment l'être Henrik Ibsen se construit, quelles épreuves le forgent, puis comment une vocation s'éveille en lui et se perfectionne, les efforts qu'il déploie pour la focaliser. Aucune des étapes qu'il traverse ne semble, au final, inutile. Sans tomber dans le déterminisme, on ne peut que constater qu'Ibsen balise son itinéraire, consent à d'innombrables sacrifices pour préciser son tir. Les vingt-sept années d'exil qu'il s'est imposées sont, à cet égard, évidemment essentielles.

La vie d'Ibsen est un moteur à trois temps. Les années d'apprentissage, qu'il passe jusqu'à trente-cinq ans au pays, et qui sont jalonnées de vicissitudes. Les années vécues à l'étranger, en Italie et en Allemagne, où les œuvres majeures s'élaborent. Le retour au pays, enfin, qui s'accompagne de la rédaction des pièces ultimes, qui ont, quoi qu'il s'en soit défendu, un fort accent testamentaire.

La ligne directrice de ce destin était le dévouement strict à l'œuvre. Très tôt, Ibsen sut qu'il n'était « bon qu'à ça », comme dit Beckett. Dans le théâtre, il était le préposé au texte, et son activité de metteur en scène — dans la mesure où, à l'époque, il s'agissait d'autre chose que d'assurer une régie — fut pour l'essentiel une façon de s'imprégner des lois que le théâtre imposait à l'écriture. Lorsqu'il se fut exclusivement concentré sur celle-ci, donc à partir de son exil, il ne s'en laissa pas distraire, même pas par la poésie, qui est une part très éclairante de son travail, malheureusement difficile d'accès en langue étrangère. Cette totale dévotion à son art, il la mit radicalement en cause à la fin de son parcours, où le débat entre la vie et la création, présent depuis le début, occupe le cœur de ses préoccupations.

Un de ses poèmes les plus célèbres parle du mineur creusant inlassablement sa galerie dans les profondeurs de la terre. Ibsen s'identifiait à ce travailleur acharné œuvrant dans les ténèbres. Il se demanda, sur le tard, s'il n'aurait pas dû rester en surface, s'offrir au soleil, vivre, tout simplement. Mais l'œuvre n'aurait pas existé, qui nous parvient toujours, peut-être plus rayonnante encore, un siècle après sa mort. Parce qu'on la doit à celui que Rilke, dans *Les Carnets de Malte Laurids Brigge*, appelait « un poète tragique échappé au temps ».

L'enfant dans le réduit

Au sud-est de la péninsule norvégienne, la petite ville de Skien n'était pas, au début du XIXe siècle, une localité négligeable. Située au bord d'une large rivière reliant un lac à un fjord, elle était pourvue d'installations portuaires depuis trois siècles et vivait de nombreux négoces, en particulier du produit de ses scieries. La population était partagée entre marins et sédentaires. De génération en génération, les Ibsen avaient surtout navigué, même si, par ailleurs, ils étaient quelquefois négociants. Mais Knud Ibsen, père de l'écrivain, s'était installé sur la terre ferme, et avait ouvert un commerce dans la ville. Il s'était imposé parmi les notables locaux. Ses revenus faisaient de lui l'un des bourgeois les plus prospères de la cité. Il était tenu pour un négociant aisé, qui avait le droit, comme les autres habitants détenteurs de biens, de se prononcer sur les affaires municipales. Il n'était pas peu fier d'avoir acquis ce statut, dont aucun de ses ancêtres n'avait bénéficié.

Né en 1797, Knud Ibsen avait épousé à vingt-huit ans Marichen Altenburg, qui n'était pas un mauvais parti, et avait pour parrain, du côté de sa mère, Diederick von Capellen, l'un des grands propriétaires terriens du canton, qui exploitait des mines et produisait du bois. Dans la Norvège de l'époque, la classe dominante était composée de ces agriculteurs industriels. Le pays, qui avait été cédé, en 1815, par le royaume de Danemark au royaume de Suède au congrès de Vienne, ne comptait guère plus d'un million d'habitants, vivant pour l'essentiel hors des villes, occupant les terres habitables, qui ne représentaient que trois pour cent du territoire, le reste étant boisé ou trop escarpé. Les Norvégiens avaient espéré en 1814, durant quelques mois, accéder à l'indépendance. Ils n'y étaient pas parvenus, et ils ne devaient l'arracher à vrai dire qu'au début du siècle suivant, en 1905 précisément.

Henrik, le premier enfant de Knud et de Marichen, naît le 20 mars 1828. Trois frères et une sœur suivront. Il ne restera en contact qu'avec sa sœur Hedvig. Deux de ses frères émigreront vers le Nouveau Monde : Johan Andreas finira ses jours dans le Wisconsin, Nicolai Alexander dans l'Iowa. Seul Ole Paus demeurera au pays, mais ne se manifestera auprès de son frère devenu célèbre que lorsqu'il aura lui-même atteint le demi-siècle : il lui demandera son soutien parce qu'il a posé sa candidature comme gardien de phare. Henrik s'exécutera, mais sans que ne transpire de sa recommandation le moindre signe de sollicitude fraternelle.

La petite enfance du futur dramaturge se passe donc dans cette ville dont il gardera la rumeur en mémoire : le tintamarre composite produit par des chutes d'eau et des scieries. La langue parlée est le dialecte du Telemark, le massif montagneux qui domine le paysage. La langue écrite est le *riksmaal*, langue de l'État si l'on veut, qui ne se distingue pas du danois. Toute sa vie, Ibsen aura à se colleter avec la question du choix entre la langue du pouvoir dominant et celle du peuple, le *landsmaal*. Comme il sera avant tout auteur de théâtre, ce problème sera particulièrement délicat en l'occurrence. Il le résoudra en forgeant sa langue à lui, une très subtile combinaison qui lui permet de rendre compte, dans le dialogue, de la langue populaire, tout en se conformant aux normes du danois, puisqu'il publiera ses œuvres chez Gyldendal, le plus important éditeur de Copenhague.

La maison de ses premières années, assez confortable, était située en plein centre, face à l'église piétiste, au coin de Stockmansgaarden et de l'Altenburggaarden, cette dernière rue portant le nom de famille de Marichen. L'immeuble comprenait aussi le *bondehandel* du père, une sorte de drugstore comme on en voit dans les westerns. On y trouvait de tout, et l'arrière-boutique servait aussi de distillerie. Les affaires marchaient bien, Knud était content, ce qui ne lui coûtait guère parce qu'il était plutôt du genre bon vivant. Marichen, plus raffinée, aimait cependant prendre du bon temps elle aussi. Elle était musicienne, adorait se déguiser, et ne manquait pas une seule représentation théâtrale lorsqu'une troupe était de passage.

En 1833, alors qu'il détenait la dix-septième

fortune de la ville, Knud acquit une petite maison de campagne non loin de Skien, à Venstöp, dans la paroisse de Gjerpen. Le but était d'en faire une résidence de détente, et de donner de l'espace aux jeux des enfants. Ce sera l'un de ses achats les plus judicieux. Cela allait lui permettre de se livrer à la chasse, l'un de ses loisirs favoris avec la plaisanterie. Knud Ibsen avait la réputation d'être un irrésistible raconteur d'histoires, talent qu'il conservera lorsque la fortune cessera de lui sourire. Il servira du reste de modèle à quelques-uns des joyeux drilles, moitié hâbleurs moitié boute-en-train, que son fils campera dans ses pièces : Jon Gynt, le père de Peer Gynt, Daniel Hejre dans *L'Union des jeunes*, et le vieil Ekdal dans *Le Canard sauvage*.

Les ennuis commencèrent en 1834. Knud aurait-il commis des imprudences, engagé des dépenses qui outrepassaient ses moyens ? Les Ibsen passaient pour mener grand train, et peut-être au-dessus de leur condition. Les autorités fermèrent sa distillerie pour cause de retard dans le paiement de ses taxes. Au cours des deux années qui suivirent, il fut forcé de vendre ou d'hypothéquer la plupart de ses biens. Ses créanciers lui épargnèrent la faillite, parce qu'elle l'aurait privé de ses droits civiques automatiquement retirés aux banqueroutiers. Ils ne lui laissèrent même pas sa petite maison de Venstöp, mais ses cousins l'aidèrent à la prendre en location. La famille s'y installa, alors que Marichen était enceinte de Ole Paus. Cette déconfiture altéra pour le moins l'humeur du couple. Knud, qui finit par obtenir un humble emploi de commis municipal, garda sa verve, mais devint vindicatif et procédurier. Les archives de la ville regorgent de plaintes mesquines qu'il porta contre les gens les plus divers, pour des motifs quelconques. Marichen, elle, perdit sa joie de vivre. Elle se comportait en recluse, cherchant à se dissimuler autant que possible. Mais elle resta loyale envers son mari, et n'exprima jamais la moindre acrimonie.

Il se colportait que Henrik n'était pas le fils de Knud, mais celui d'un ancien soupirant de sa mère, qu'elle avait connu avant son mariage. Elle avait, à l'époque, fréquenté Tormod Knudsen, originaire du Telemark, qui exerçait, tout jeune, la fonction de greffier auprès du juge local. En fait, Henrik ne ressemblait pas du tout à Knudsen, tandis que chacun s'accordait à dire qu'il était le quasi-sosie de Knud. Et si l'on entendit, bien plus tard, Knudsen lui-même, devenu membre du Parlement norvégien, se vanter d'être le père du grand Ibsen, il faut plutôt mettre cette allégation sur le compte de sa vanité.

Il n'empêche que le jeune Ibsen avait eu vent très jeune de ce bruit, qui circulait même parmi ses camarades de jeu. Son œuvre en porte la marque : le thème de la naissance illégitime la traverse de part en part, des *Prétendants à la couronne* à *Rosmersholm*, les bâtards y abondent, tout comme les hommes d'affaires faillis ou menacés par la ruine.

De sept à quinze ans, Ibsen vécut donc dans ce beau paysage doucement vallonné, d'où, par temps clair, on avait vue sur le fjord. Il avait appris à lire à Skien, puis fréquenta l'école pourtant réservée aux enfants du personnel d'une usine des environs.

L'instituteur avait une excellente réputation : Hans Isaksen avait beaucoup voyagé, parlait plusieurs langues et avait une fort belle écriture.

Que lisait-il ? La Bible, d'abord, qui l'accompagna toute sa vie, même s'il ne fut jamais un chrétien pratiquant. Le grenier de Venstöp débordait de livres, parce que la maison avait appartenu à un certain Niels Korgen Hirschholm, qui avait mené une vie aventureuse. Ce « Hollandais volant », comme on l'appelait, avait ramené de ses vagabondages des ouvrages de toutes sortes. Nombre d'entre eux étaient en anglais, parce qu'il avait notamment servi dans les troupes britanniques, et ils étaient souvent illustrés, notamment cette *History of London* de Harrisson, dont Ibsen fera la lecture de prédilection du vieil Ekdal dans *Le Canard sauvage*.

Henrik aimait aussi beaucoup se déguiser. Très féru d'uniformes, il les reproduisait sur des cartons qu'il fixait sur des tiges, et les faisait converser entre eux, comme des marionnettes. Il adorait se joindre aux groupes d'enfants qui, à Noël, faisaient la collecte auprès des fermes environnantes. Il veillait chaque fois à être le mieux costumé de tous. Dans l'ensemble, il était un enfant solitaire et farouche, et se retirait fréquemment dans un réduit, à côté de la cuisine, qu'il fermait au verrou, pour ne pas être dérangé. Il s'y cloîtrait même par grand froid. Les autres enfants avaient beau tenter de l'en faire déguerpir, en lançant, l'hiver, des boules de neige contre la porte, il ne sortait pas de son refuge.

Il s'exerçait à la magie, dont il lui arrivait de faire des démonstrations, le dimanche soir, pour les gens du voisinage. Il avait aussi un numéro de ventriloque, qu'il exécutait avec la complicité de son frère cadet dissimulé dans une caisse. Ole Paus s'était fait payer pour apporter son concours, et Henrik se serait bien gardé de ne pas lui donner satisfaction : son comparse l'avait menacé de révéler son subterfuge s'il ne respectait pas son engagement.

Il ne fréquenta pas le lycée de Skien, dont ses parents ne pouvaient acquitter le droit d'inscription, mais fut inscrit dans une école privée, tenue par deux théologiens. Il y montra surtout de remarquables dispositions pour le dessin et l'aquarelle ainsi que pour l'histoire, qu'il avait le don d'évoquer avec une ardeur et une conviction qui forçaient l'attention.

Un jour, il subjugua la classe par la lecture d'un travail écrit qui devait relater un rêve. Il rapporta que pendant une promenade en altitude, épuisé de fatigue, il s'était endormi avec ses compagnons, et qu'un ange lui était apparu qui avait voulu lui montrer la vie humaine dans sa réalité et sa vérité. Il lui fit voir un monde entier enseveli, éclairé par une faible lumière crépusculaire, et l'ange lui dit : « Tu vois ici que tout n'est que vanité. » Ibsen se souvint longtemps de ce rêve, et de l'algarade qu'il avait eue avec son professeur, qui avait cru qu'il l'avait puisé dans une de ses lectures. « Je repoussai son soupçon erroné avec une énergie qui ne lui plut pas », confia-t-il à son premier biographe, Henrik Jaeger.

Il arrêta ses études secondaires à quinze ans : sa famille n'avait pas les ressources nécessaires pour les lui laisser poursuivre. Il fut confirmé le 1er octobre 1843 dans l'église de Gjerpen, après avoir obtenu le meilleur résultat à l'examen d'instruction religieuse. Son père était très fier de lui, mais vexé qu'à l'église on ne l'installa qu'au troisième rang, derrière deux fils de propriétaires. Knud Ibsen expliqua cette relégation par le fait qu'il n'avait pas eu les moyens, lui, d'offrir au doyen un rôti de veau…

Peu après, les Ibsen purent se réinstaller à Skien, dans une maison qu'un cousin mit à leur disposition. Henrik suivit alors des cours du soir de dessin, et s'initia même à la peinture à l'huile. Mais il n'était pas question qu'il s'obstine dans cette voie : elle ne lui aurait pas permis de subvenir à ses besoins avant longtemps. Il fallait qu'il trouve un emploi rémunéré au plus vite. Un voyageur de commerce fut chargé par Knud de prospecter en ce sens, et apprit bientôt qu'un pharmacien de Grimstad, à une centaine de kilomètres au sud, avait besoin d'un assistant. Henrik s'y rendit sans tarder.

Il ne reviendra que très épisodiquement à Skien, il y fera simplement halte lorsque, six ans plus tard, il s'embarquera pour Christiania. Et seule sa sœur recevra des lettres de lui. Skien restera pourtant gravé dans sa mémoire et lorsque, un demi-siècle plus tard, Hedvig lui enverra des raisins de la région, il s'enfermera des heures dans son bureau, pour les déguster lentement, en égrenant ses souvenirs.

Catilina par l'apothicaire

Ibsen a exercé pratiquement tous les métiers du théâtre, à l'exception de celui d'acteur. Il a été aussi journaliste, pion, répétiteur. La première profession qu'il ait pratiquée est surprenante, même si elle fut son gagne-pain durant quelque six années, c'est celle d'apothicaire. Il ne l'a guère évoquée dans ses écrits, mais il en a peut-être gardé un grand soin dans le dosage des composantes de ses pièces, une méticulosité appliquée à la moindre substance dont elles seront porteuses. Il dosait les ingrédients, veillait à chaque détail, notamment au vocabulaire et aux accents dans le parler de ses personnages. La précision qui présidait à l'élaboration de ses ouvrages, il l'a peut-être acquise dans l'arrière-boutique où on lui confiait la confection de remèdes dont il devait contrôler méticuleusement la composition. Agir sur les maux de ses semblables, les aider à s'en soulager : il y a dans cette activité de jeunesse, guère éloignée de la médecine, comme une propédeutique de ce qu'il ambitionnera dans l'exercice de son art…

Il était âgé de seize ans lorsqu'il entra dans la vie

active. Par une très petite porte, et il allait devoir par la suite en franchir d'autres. Son itinéraire fut semé d'obstacles jusqu'à ce que dans son grand âge il dispose de la clé de la grille des jardins royaux, qui lui fut confiée par le prince héritier en personne, pour qu'il puisse se promener sous ces frondaisons qu'il voyait de la fenêtre de son dernier appartement de Christiania. Ibsen ne bénéficia de rien qu'il ne dût conquérir de haute lutte. Il tint d'ailleurs, jusqu'à la fin de ses jours, ou presque, ses livres de comptes lui-même, avec au demeurant un soin d'apothicaire. L'un de ses biographes reconstitua de la sorte ses revenus d'année en année. Il dut, très longtemps, s'imposer un sévère contrôle de dépenses. Quand enfin, grâce au succès international, il put bénéficier de revenus plus copieux, il ne changea pas fondamentalement ses habitudes de vie. Il s'habillait avec soin, sinon avec goût, parce qu'il avait longtemps souffert d'être trop mal équipé pour pouvoir se montrer dans la haute société. Mais il ne se permettait aucun luxe, sauf l'achat d'œuvres d'art, en partie parce qu'il y voyait aussi un bon investissement. Le reste, il l'investira en actions, principalement dans les sociétés de tramways qui fleurissent de par le monde.

Il arriva à Grimstad le 3 janvier 1844. Une petite ville qui devait ses ressources à ses chantiers navals. Il fut engagé par l'apothicaire Reiman, qui avait installé son négoce dans sa maison. L'habitation et la boutique étaient d'ailleurs indiscernables. Les préparations médicinales se concoctaient dans la cuisine. Le jeune apprenti y côtoyait la jeune boniche qui vaquait aux fourneaux. Cette proximité n'était d'ailleurs pas la seule.

Le jour, Henrik avait fort à faire parmi ses pots, ses flacons et ses mélangeurs, à préparer ses mixtures et potions. Il servait aussi de postier, et assurait la gestion des fonds d'épargne du voisinage. La nuit, il lisait, à la bougie, et se gavait de classiques norvégiens, Oehlenschläger surtout, qui est un continuateur local de Shakespeare et de Schiller, et il dévorait Voltaire, qui demeura l'un de ses maîtres. Pour atteindre la soupente où il se retirait la nuit, il devait passer près du lit des deux bonnes. On a plus chaud à deux, voire à trois que tout seul sous la couette. La conséquence ne se fit pas attendre.

Le 9 août 1846, Else Sofie Jensdatter donna le jour à un fils. L'apothicaire la renvoya. Ibsen ne la revit pas davantage, mais reconnut l'enfant. Il se nommait Hans Jacob Hendriksen, et bénéficia jusqu'à ses quatorze ans d'une pension versée par son père biologique. Ils se rencontrèrent une seule fois, au début du siècle suivant, peu avant le décès d'Ibsen. Il ne parla jamais de ce fils obscur, si différent de Sigurd, son fils légitime, qu'il entoura de soins infinis et qui fut Premier ministre… Mais sa paternité secrète a envahi l'œuvre de tous côtés, elle est peut-être, dans la vie d'Ibsen, la matrice de la multitude de drames enfouis dont ses pièces fourmillent. La question de l'hérédité hanta son époque, les découvertes biologiques relayées plus tard par la psychologie trouvent dans ses textes plus qu'un écho, un relais décisif, qui leur donna, dans le public, une résonance immense.

Peu après la naissance de l'enfant caché, Reiman dut, pour cause de dettes, revendre sa pharmacie à l'un de ses anciens apprentis, Lars Nielsen, un célibataire de vingt-trois ans que son père, un armateur, voulait établir. Il déménagea la boutique dans une maison plus confortable, située près de la mer, la propriété d'une veuve pittoresque qui prisait son tabac toute la journée. Ibsen obtint le statut d'assistant qualifié et un meilleur salaire. Il passait ses loisirs à peindre et à dessiner, et bientôt tous les murs furent couverts de ses travaux. Il avait la réputation de faire le portrait de tout un chacun à la vitesse de l'éclair. Il était le bienvenu dans la maison des parents de son patron, où il dînait souvent. L'un des bateaux du vieux Nielsen s'appelait le *Palmier*. Ce sera le nom du bateau pourri dans *Les Piliers de la société* qu'il écrira trente ans plus tard.

Chez les Nielsen, il rencontra une vieille Écossaise, Georgina Crawford, qui possédait la bibliothèque la mieux fournie de la ville. Elle avait acquis *Ou bien... ou bien* de Kierkegaard, qui venait de paraître : c'est le seul indice qui permette de penser qu'Ibsen a pu avoir ce livre sous les yeux. Elle possédait surtout le théâtre complet d'Adam Oehlenschläger, le dramaturge danois alors en fin de carrière qui, avec ses drames historiques et romantiques à la Corneille et à la Schiller, exerça une indéniable influence sur ses débuts. Il fit lire à cette conseillère ses premiers poèmes, discutait à perte de vue jusque tard dans la nuit avec son ami Christopher Due, qui se rappela plus tard son esprit hardi et paradoxal. Il avait, par exemple, une vue très décidée sur le mariage : s'il se mariait un jour, sa femme et lui habiteraient des étages séparés, ne se verraient qu'aux repas, et se diraient « vous ». Bientôt, un groupe se forma autour du jeune apothicaire en verve et plein d'entrain. Jamais il ne sonnait lui-même le couvre-feu, bien qu'il eût encore fort à faire : il passait une partie de la nuit à étudier le grec et le latin, en préparation de la « matriculation », le baccalauréat qu'il devait obtenir pour accéder à l'université.

La politique l'intéressait beaucoup, comme d'ailleurs son ami Due, et Ole Schulerud, qui avait déjà, lui, le titre d'étudiant, et s'était joint à eux pour former un inséparable trio. Les événements de février 1848, et l'abdication de Louis-Philippe en particulier les mirent en ébullition, d'autant que la révolution italienne s'ensuivit, et la chute de Metternich. Ibsen se sentit une vocation républicaine et convia ses amis à un « banquet de la réforme » où il leur tint un réquisitoire contre tous les rois et empereurs, cette « vermine de la terre ». Ses études latines, à la même époque, l'amenèrent à lire ce que Salluste dit de Catilina, et les discours que fit Cicéron à son encontre. Comme il l'expliqua plus tard, il fut naturellement intéressé par une figure dont, plus que pour toute autre, la renommée posthume fut forgée par ses adversaires.

Durant trois mois de l'année 1849, il passa ses nuits à écrire sa première pièce, *Catilina*, pour laquelle il choisit le vers blanc. Tel qu'il le conçoit, son personnage porte en lui une faute secrète : il a abandonné une femme qui s'est noyée par désespoir. Il veut en finir avec la corruption romaine, mais son épouse, Aurélia, cherche à le dissuader de se mêler de politique. Il ne l'écoute pas, étant davantage influencé par une autre femme, Furia, qui l'incite à agir. Furia, sorte d'archétype de figure féminine que l'on reverra dans son théâtre, préfigure une Rebecca West ou une Hilde Wangel. Elle le pousse à la conspiration, puis le trahit. Furia, qui finira par se suicider, s'avère être la sœur de la femme qu'il a jadis séduite.

Cette œuvre initiale, qui a certainement eu *Jules César* de Shakespeare pour modèle, est d'une rare maîtrise de la part d'un débutant autodidacte. Ibsen le reconnut un quart de siècle plus tard, lorsqu'il la réédita en la complétant d'une préface :

> Bien des choses dont mon œuvre ultérieure a traité — le conflit entre l'aspiration et les aptitudes, la volonté et les possibilités, le croisement de la tragédie et de la comédie, à l'échelle générale ou individuelle — sont déjà vaguement indiquées ici[1*].

Les lectures diverses dont la pièce a fait l'objet depuis s'accordent toutes à dire que l'on se trouve devant le germe d'une grande œuvre, où la vision d'Ibsen est déjà bien présente, notamment par sa dimension psychologique. Il repart de la logique de la tragédie, mais il en attribue le mécanisme à

* Les notes sont regroupées en fin de volume, p. 216 *sqq*.

la déchirure intérieure des personnages, et non à une malédiction quelconque. Les autres membres du triumvirat furent tout de suite convaincus qu'Ibsen s'était surpassé : ils avaient, de fait, assisté à la naissance d'un génie. Due, employé de bureau de son état, se proposa aussitôt pour calligraphier la pièce, et le fit avec tant de soin qu'il reproduisit même les tirets qui, dans le premier jet, indiquaient que l'auteur avait hésité sur le choix d'un mot.

Schulerud, lorsqu'il retournerait à Christiania pour poursuivre ses études, la porterait au théâtre de la ville qui, selon les amis, n'hésiterait pas une seconde à la mettre à son affiche. Ibsen avait pris soin de se choisir un pseudonyme : Brynjulf Bjarme.

La réponse tant attendue ne traîna pas, mais fut négative. Schulerud avança l'idée de faire éditer le texte. Ibsen tenta de l'en dissuader, parce qu'il savait qu'il n'avait pas les moyens de financer un livre à compte d'auteur. Après s'être adressé vainement à quelques éditeurs, Schulerud décida de financer lui-même l'impression de deux cent cinquante exemplaires, grâce à un petit pécule dont il avait hérité. Il voyait grand, Schulerud : il envisagea de s'établir comme éditeur lui-même, de se vouer exclusivement aux œuvres d'Ibsen (qui seraient, selon lui, de deux par an en moyenne), puis de partager les bénéfices et de les consacrer surtout à de vastes périples à travers l'Europe et l'Orient.

Le livre sortit au printemps 1850. Il s'en vendit quarante exemplaires. Schulerud et Ibsen liquidèrent comme papier d'emballage les feuilles non reliées du solde invendu, un jour qu'ils étaient plus que jamais sans le sou. Ils se trouvaient alors tous deux à Christiania, où Ibsen avait décidé de poursuivre sa préparation à l'université. Son patron Nielsen l'avait aidé financièrement lors de son départ de la pharmacie. Il récolta probablement un peu d'argent auprès d'un oncle à Skien, où il passa quelques semaines qui le persuadèrent de ne plus jamais retourner dans sa cité natale, dont des réminiscences cependant jalonnent ses œuvres.

Ni médecin ni journaliste

Le voilà dans la grande ville, qui n'en est pas vraiment une : elle ne deviendra capitale qu'avec l'indépendance de la Norvège en 1905, et ne s'appellera Oslo que vingt ans plus tard. Mais Ibsen sent qu'il est sur le théâtre des opérations. Il se mesure aux épreuves d'accès aux rouages de la société, prépare des examens sans trop savoir où cela le mènera, sauf qu'il est déjà aimanté différemment. En dessinant, en écrivant des poèmes, en composant sa première pièce, il a pressenti où est l'essentiel pour lui. L'enthousiasme de ses amis l'a confirmé dans ce sens. Leur dévouement aussi. Mais le monde bouge autour de lui, les émotions ne sont pas qu'intérieures. De grands enjeux sociaux agitent la ville. Il n'y est pas insensible, au contraire. D'autant que ces secousses sont l'écho d'autres événements qui agitent l'Europe, et qui le font vibrer tout autant.

La principale ville de Norvège, Christiania, compte, en 1850, environ trente mille habitants, logés dans des maisons qui sont le plus souvent en bois et bariolées. On s'approvisionne en eau auprès des fontaines, des auges de bois installées aux coins de rue. Dès son arrivée, le 28 avril, Ibsen trouva l'hospitalité chez une logeuse, la mère Saether, qui louait des chambres dans sa maison du faubourg ouvrier de Pipervick. La bâtisse comprenait aussi une étable et faisait office de laiterie. La propriétaire avait d'autres activités encore : on la disait guérisseuse et elle passait pour avoir soigné le roi lui-même, ainsi que le grand poète Wergeland, qu'elle avait assisté dans son agonie. Elle aimait héberger des étudiants : Ole Schulerud, le camarade de Grimstad, habitait chez elle, de même que Theodor Abildgaard, qui allait devenir un ami d'Ibsen, et l'introduire dans le mouvement thranite, du nom de son fondateur Markus Thrane, qui se réunissait de temps à autre à la même adresse.

Le principal souci d'Ibsen était de réussir l'« examen artium », qui lui permettrait l'accès à l'université. Les cours se donnaient à l'école Heltberg, du nom de son principal enseignant, un pédagogue énergique qui menait ses cours tambour battant malgré sa santé très précaire. Il pouvait se le permettre : certains de ses élèves étaient particulièrement doués. Parmi les condisciples d'Ibsen, il y avait deux futurs écrivains : Aasmond Vinje et, surtout, Björnstjerne Björnson qu'il croisa tout au long de sa vie. Le premier avait dix ans de plus que lui, l'autre quatre ans de moins. Vinje avait déjà été instituteur, et collaborait de temps à autre au *Morgenbladet*, le journal d'opposition de Christiania. Il contribua lui aussi à initier Ibsen aux idées politiques qui refluaient sur la Norvège après avoir bousculé l'Europe depuis 1848. De plus, il était originaire du Telemark, la région dont Skien était le port. Ibsen adorait la compagnie de cet ami qui le faisait mourir de rire.

Vinje croyait dur comme fer que les idées et les œuvres qui comptent finissent toujours par trouver l'écoute du public : « Celui qui se sent le promoteur d'un nouvel âge de la pensée et du goût, celui-là doit savoir que chaque chose a son temps, et que son temps à lui viendra, s'il attend[1]. » Ibsen, s'il en eut connaissance, n'a pas pu rester insensible à une telle leçon de patience. Il fut aux côtés de Vinje lorsque celui-ci s'opposa à l'expulsion de Harro Harring, un Allemand de mère norvégienne qui avait pris part à la révolution grecque et au soulèvement polonais. À la suite d'une publication antimonarchique, il avait été embarqué *manu militari* dans un navire à destination de Copenhague. Ibsen, Vinje, Björnson manifestèrent auprès du ministre qui avait décidé la mesure et remirent, avec une centaine d'autres protestataires, le produit d'une collecte de fonds à l'expulsé.

Les résultats d'Ibsen à l'examen furent insuffisants. Il aurait pu se présenter aux épreuves de rattrapage, mais décida de n'en rien faire. Dans l'intervalle, « Les Normands », une pièce qu'il avait esquissée à Grimstad, mais qu'il avait pris le temps de recopier au propre à la Pentecôte, venait d'être acceptée au théâtre de Christiania sous le titre *Le Tertre du guerrier*, et programmée pour la rentrée. Il conclut du semi-échec d'un côté et de l'accueil favorable de l'autre que sa voie était désormais tracée...

Il pouvait, même s'il n'avait pas réussi la « matriculation », se targuer du titre d' « étudiant », et adhéra d'ailleurs à leur association. S'il ne prit nullement part à leurs soirées théâtrales, où l'on montait surtout des « vaudevilles » qui étaient des satires de la vie universitaire, il proposa d'écrire l'histoire de l'association, projet qu'il ne poursuivit pas au-delà de la préface. Il avait eu cet élan d'intégration, parce qu'il adhérait aux idées scandinavistes, répandues dans le milieu universitaire, et qu'il devait au journal en question une de ses grandes joies d'auteur débutant : Paul Botten-Hansen, futur ami proche, y avait fait paraître un compte-rendu très élogieux de son *Catilina*. Botten-Hansen fut l'un des grands initiateurs d'Ibsen. Très cultivé, il réunit dès sa jeunesse une bibliothèque exceptionnelle : à sa mort, elle comptait 14 000 volumes, qui constituèrent d'ailleurs le fonds de départ de la bibliothèque publique de Bergen.

Leur connivence était telle qu'ils lancèrent, en 1851, avec la collaboration d'Aasmond Vinje, un journal qu'ils intitulèrent *Andhrimmer*, du nom du cuisinier des dieux dans le Walhalla. Ibsen fut assez productif : il y publia des dessins, des poèmes, des comptes-rendus de théâtre, parce qu'ils lui permettaient d'assister gratuitement aux représentations et, au fil du temps, il donna aussi des commentaires politiques. Un grand mouvement social avait d'ailleurs de quoi l'intéresser : les Associations ouvrières fondées par Markus Thrane, revenu de France animé par les idées de 1848, qui rassemblaient déjà en mai 1850 pas moins de 18 000 membres. Un nombre suffisant d'adhérents pour justifier la réunion d'un *Lilleting* ou petit parlement qui défendait ses idées tandis que se rassemblait le *Storting* ou grand parlement, ce qui se produisit le 10 juin 1851. Le pouvoir en place ne put supporter cette menace : le 7 juillet, Markus Thrane et son second, Theodor Abildgaard, qui dirigeait le journal des Associations, furent arrêtés et bientôt condamnés à quatre ans de travaux forcés. Abildgaard était un ami proche d'Ibsen, et un admirateur de sa pièce *Catilina* dont il s'était fait l'un des propagandistes. Il avait obtenu qu'Ibsen donne des cours à l'école du dimanche des Associations ouvrières, ce dont ce dernier s'était acquitté jusqu'à la veille de l'arrestation d'Abildgaard.

Bien plus tard, Ibsen reconnut s'être senti soulagé de n'avoir pas dû témoigner lors du procès des thranites. Il n'empêche qu'il tira de cette année, qu'il vécut avec passion tout en gardant une prudente distance conforme à son tempérament, un précieux enseignement sur la réalité politique. S'il considérait, au fond de lui, Thrane comme un « fantasque », il avait apprécié, chez Abildgaard, son souci d'élever le niveau d'instruction des classes populaires. Il répétait souvent qu'à son sens le progrès social devait venir de l'« aristocratie » des femmes et des ouvriers.

Ibsen se sentait de plus en plus encouragé dans la voie de l'écriture. L'article de Botten-Hansen sur

Catilina l'avait mis en confiance, malgré les vicissitudes de son édition. Le refus de la pièce au théâtre de Christiania avait été corrigé par l'accueil du *Tertre du guerrier*. Il n'avait que vingt-deux ans, après tout. Il faisait ses premières armes en se consacrant à la poésie et au journalisme. Certains des poèmes de cette époque le satisferont encore des années plus tard, et seront repris dans *Poèmes*, son unique recueil, qu'il publiera en 1871. Quelques-uns d'entre eux, comme « Le Mineur », deviendront un des emblèmes de son univers poétique :

Roche ! éclate avec fracas
sous les coups de mon lourd marteau
en bas je dois frayer ma voie
vers le but qu'à peine j'ose pressentir.
Me suis-je trompé ? Ce chemin
ne mène-t-il pas à la clarté ?
Si je cherche vers le haut,
la lumière éblouit mes yeux.
Non, je dois descendre au fond,
où c'est nuit depuis toujours...
Lourd marteau, fraie-moi la voie
vers le cœur de la nature[2] !

Le 26 septembre 1850 avait donc eu lieu la première du *Tertre du guerrier* au théâtre de Christiania. La pièce s'inscrivait dans la lignée des drames historiques d'Oehlenschläger, dont cependant il avait déjà mesuré les limites à l'époque. Elle se déroule en Normandie au temps des Vikings. La représentation intimida tant le jeune auteur qu'il se cacha dans le coin le plus sombre d'une loge. Le spectacle fut bien accueilli et eut droit à trois représentations, ce qui était loin d'être misérable : la saison précédente, *Les Fourberies de Scapin* n'en avait pas eu davantage. De plus, Ibsen avait bénéficié pour la première fois du concours d'une actrice qui l'accompagna par la suite lors des moments importants de sa carrière. Le rôle de Blanka était joué par Laura Svendesen. Devenue Laura Gundersen, elle sera, bien plus tard, la créatrice norvégienne d'Ellida dans *La Dame de la mer* et de Gunhild dans *John Gabriel Borkman*.

Par ailleurs, Ibsen était de plus en plus absorbé par le journalisme. D'un côté, l'union des étudiants lui avait confié la rédaction de leur magazine, le *Samfundsbladet*. De l'autre, l'*Andhrimmer* le sollicitait beaucoup. Ses critiques de théâtre sont révélatrices de l'évolution de ses conceptions. Il attaque beaucoup Eugène Scribe, l'auteur le plus joué de l'époque, dont les intrigues lui paraissent trop souvent artificielles. Il s'intéresse à un théâtre destiné à la lecture, dont Musset lui semble le meilleur exemple. À l'occasion d'un long article sur le *Guillaume Tell* de Rossini, il insiste sur l'importance du livret à l'opéra. D'autre part, il publie une parodie de la *Norma* de Bellini, qui est en fait une charge contre les mœurs parlementaires qu'il avait pu observer lorsqu'il avait remplacé Vinje comme chroniqueur politique. Cette sotie est loin d'être sans intérêt dramatique et littéraire. On y voit pour la première fois à l'œuvre, dans des vers brillamment rimés, sa verve satirique que l'on retrouvera dans *La Comédie de l'amour* ou *Peer Gynt*.

L'*Andhrimmer*, malheureusement, s'arrêta après sa trente-neuvième livraison, l'éditeur Axelsen décidant qu'il avait assez perdu d'argent… Ibsen le poursuivit de sa vindicte tenace en le faisant apparaître, sous le nom d'Aslaksen, dans deux de ses pièces, *L'Union des jeunes* et *Un ennemi du peuple*, et sous des traits peu flatteurs. Ibsen, qui aurait pu devenir journaliste, voyait se fermer ici une de ses perspectives professionnelles. Il avait renoncé à ses études de médecine, n'était pas convaincu de sa vocation de poète, et ne savait trop ce que lui réservait le théâtre. Un personnage providentiel allait bientôt l'aider à y voir clair.

La marmotte farouche

La chance, il aurait eu tort de ne pas la saisir. Il a un peu plus de vingt ans, et se voit confier un instrument en ordre de marche : un théâtre, un vrai. Ce n'est pas une grande scène, certes. Les acteurs ont été recrutés à la bonne franquette, puisqu'on leur demande de jouer dans une langue que les artistes reconnus trouvent inférieure à leur dignité. Mais lui, Henrik, est aux commandes de la machine, pour le meilleur et pour le pire. Il est le bras droit du directeur, la cheville ouvrière du bâtiment, et il va peu à peu acquérir la maîtrise de l'extraordinaire faisceau de métiers que le théâtre rassemble. Il accumule, au cours de ces années décisives, un savoir inestimable. De l'établissement du programme à la gestion de la caisse, de la conception des costumes à la construction des décors, il va tout apprendre. Et il va surtout acquérir à Bergen l'expérience de l'affrontement avec le public.

L'agent déclencheur de cette étape déterminante dans le destin d'Ibsen s'appelle Ole Bull. Il est, à l'époque, le Norvégien le plus célèbre dans le monde. Sa réputation de violoniste est internationale, il remplit les salles de concert tant en Europe qu'en Amérique. Originaire de Bergen, il est très épris d'identité nationale et ne peut admettre qu'il n'y ait pas dans sa ville natale, pas plus qu'à Christiania d'ailleurs, un théâtre de langue norvégienne. Il se souvenait pourtant que, dans sa jeunesse, des troupes d'amateurs s'y produisaient avec succès dans sa langue. Le théâtre qui les accueillait était à présent inutilisé, sauf pour y accueillir des compagnies danoises en tournée.

Bull prit le taureau par les cornes. Il loua à ses frais le théâtre pour une période de dix-huit mois et annonça par voie de presse que les candidats acteurs, danseurs et musiciens pouvaient poser leur candidature. L'expérience ne comptait pas, du reste personne n'avait eu l'occasion d'en acquérir. Le théâtre lui-même se chargerait de la formation des apprentis artistes.

L'initiative fut accueillie avec scepticisme. Bull décida d'inventer le mouvement en marchant. Il programma un premier spectacle pour le 21 novembre 1849, une comédie de Holberg, le Molière norvégien : le public fit fête à cette représentation de *Henrik et Pernille*. Le Théâtre norvégien de Bergen était né, même s'il ne fut inauguré officiellement que le 2 janvier 1850. Cette date s'inscrira dans l'Histoire : elle marque traditionnellement la naissance de l'art dramatique norvégien.

L'entreprise s'avéra rentable. Ole Bull demanda néanmoins une subvention au *Storting*, qui lui fut refusée. Cette fin de non-recevoir provoqua une polémique à Christiania où l'association des étudiants norvégiens organisa une soirée de soutien au théâtre de Bergen. Le prologue de cette manifestation de solidarité avait été demandé à Ibsen. Ole Bull, qui avait joué quelques morceaux ce soir-là, rencontra le jeune écrivain et eut d'emblée l'idée de l'engager comme dramaturge en résidence dans son théâtre, qui avait bien besoin d'enrichir son répertoire. Ibsen ne se fit pas prier et fut du voyage lorsque Bull, fin octobre 1851, embarqua sur le bateau côtier qui le ramènerait à Bergen.

Le conseil d'administration du théâtre, composé de commerçants avisés qui avaient veillé, grâce aux recettes, à rembourser Ole Bull de ses investissements, nomma Ibsen assistant du directeur, Hermann Lading, de quinze ans son aîné. Il aurait notamment l'obligation d'écrire une pièce par an, qui serait créée à la date anniversaire de la fondation du théâtre. Le temps manquant pour respecter cette clause de contrat immédiatement, il écrivit un prologue pour la soirée de gala du 2 janvier 1852.

Comme Ibsen ne pouvait pas limiter son activité à l'écriture, le conseil, toujours avisé, décida de lui payer un voyage d'études dans quelques théâtres étrangers. Il obtint donc un crédit de trois cents riksdales, l'équivalent de dix mois de son salaire, pour se rendre à Copenhague, Berlin, Dresde et Hambourg. Le 15 avril suivant, il entamait ce périple en compagnie de deux des éléments les plus brillants de la troupe, le couple que formaient Johannes Brun et Louise Gulbransen. À Copenhague, déjà, l'accueil fut magnifique : le directeur du Théâtre royal, Johan Ludvig Heiberg, auteur pour qui Ibsen avait la plus grande admiration, les invita à déjeuner, mais ne leur parla que de gastronomie durant tout le repas. Hans Christian Andersen, une gloire nationale déjà à l'époque, leur conseilla d'ajouter Vienne comme étape de leur voyage, Ibsen n'obtint toutefois pas les ressources supplémentaires qui leur auraient permis de s'y rendre. Mais lorsqu'ils revinrent à Bergen, en juin, Ibsen avait recueilli suffisamment d'informations pour occuper la fonction qu'il exerça, selon le contrat, durant les cinq années à venir.

Il s'acquitta de sa tâche avec efficacité et une discrétion peut-être excessive. Il n'osait pas toujours s'adresser aux comédiens ni surtout aux comédiennes, et demandait à des tiers de leur faire ses remarques à sa place. Il était méticuleux, scrupuleux, cela se voyait au soin avec lequel il rédigeait les registres de mise en scène, mais ne manifestait guère d'enthousiasme : était-ce parce qu'il lui semblait que Hermann Lading ne l'affectait qu'aux tâches subalternes ? Il faut dire qu'elles étaient nombreuses : le théâtre programmait une cinquantaine de pièces par an !

Sa première œuvre représentée à Bergen, le 2 janvier 1853, fut *La Nuit de la Saint-Jean*. On y a vu une référence au *Songe d'une nuit d'été* de Shakespeare, qu'il avait appris à mieux connaître au cours de son voyage d'études. Mais il s'inspire en fait d'un modèle moins intimidant. De même que *Le Tertre du guerrier* devait beaucoup à Oehlenschläger, maître norvégien de la fresque historique, cette comédie-ci renvoie à Johan Ludvig Heiberg, qui l'avait reçu à Copenhague avec un tel souci de l'art culinaire, et plus particulièrement à sa pièce *Le Jour des sept dormeurs*, dont Ibsen va jusqu'à imiter la syntaxe. Heiberg est l'auteur de cet aphorisme : « La liberté, c'est l'effort vers la liberté. » Il écrit lui : « L'amour, c'est l'aspiration vers l'amour[1]. » Manifestement très intimidé par l'enjeu de cette première pièce représentée à Bergen, il s'était abrité derrière l'esthétique d'un écrivain à la mode et incontesté. D'ailleurs, dans son prologue, il tâchait d'amadouer le public :

Accordez donc ce soir, juste un peu d'indulgence
À ce que l'on vous offre et, dans votre patience,
Cherchez à vous rappeler que l'artiste, sans nul doute,
Ne peut que pas à pas, trouver une autre route[2].

Rien n'y fit : la représentation fut un échec. La première se fit siffler et la seconde se joua devant des fauteuils vides. Ibsen lui-même s'opposa résolument à la publication du texte, qui n'apparut que dans l'édition posthume de ses œuvres complètes.

Le printemps et l'été suivants, il met en pratique l'humeur amoureuse qui imprégnait sa *Nuit de la Saint-Jean*. Il poursuit de ses assiduités la très jeune Rikke Holst, qui n'avait pas quinze ans alors qu'il en avait dix de plus. Il l'inonde de lettres, de poèmes, la demande en mariage :

Vais-je avec un souvenir
vaguer sans espoir...
ou bien trouver dans la vie
mon meilleur trésor[3] ?

Ils attachent leurs deux anneaux à un même porte-clés et le jettent à la mer, comme le feront les amants dans *La Dame de la mer*. Mais le père de Rikke, capitaine de bateau, ne veut rien entendre. Et le jour où il les surprend enlacés dans le parc de la ville, Ibsen n'écoute que son courage et prend la fuite. Fin de l'idylle.

Ses deux tentatives ultérieures de conquérir le public de Bergen n'aboutirent pas davantage. En 1854, il présenta une refonte du *Tertre du guerrier*, qui ne convainquit pas non plus. Ibsen fut plus déçu encore par son essai suivant, *Dame Inger d'Östraat*. L'avenir allait démontrer que le diagnostic des premiers spectateurs avait été plus que contestable...

La féerie de *La Nuit de la Saint-Jean* n'ayant rien donné, pas plus que le retour à la saga nordique, il avait opté cette fois pour une pièce historique aux résonances contemporaines. Il choisit un épisode du passé norvégien qui cadre parfaitement avec l'esprit de la « renaissance nationale », ce mouvement culturel aux soubassements politiques qui veut encourager l'autonomie de la Norvège à l'égard de la Suède.

Vers 1527, Inger d'Östraat avait eu, aux yeux des historiens à l'inspiration romantique dont les livres abondaient, la possibilité d'arracher la Norvège aux puissances étrangères. Pourquoi n'y avait-elle pas réussi ? Ibsen voyait, dans ce sujet, la possibilité de mettre en application la théorie de Hermann Hettner, dont le livre *Das moderne Drama*, qui lui avait été recommandé lors de son voyage en Allemagne, l'avait beaucoup frappé, au point d'exercer une influence durable sur son travail. Hettner professait que les drames historiques devaient se fonder sur des conflits psychologiques. Et il citait *Coriolan* de Shakespeare et la *Maria Magdalena* de Hebbel en faveur de sa thèse. « Le drame historique, disait-il, n'est pas du tout un genre à part, c'est de la pure tragédie, qui ne se distingue pas des autres tragédies, sinon que la matière en est par hasard empruntée à l'histoire réelle[4]. » Cette vision ne pouvait que convenir à Ibsen, puisqu'il l'avait déjà mise en pratique de manière tout intuitive dans son *Catilina*.

Le personnage d'Inger lui parut se prêter parfaitement à ce type de traitement. Elle est déchirée entre son devoir, sa vocation même puisqu'elle se perçoit comme un « outil de Dieu » qui doit apporter la liberté à son peuple, et son instinct maternel, qui la porte à ne pas s'opposer au représentant de l'ennemi, son propre fils. Ce balancement tragique, principale caractéristique d'Inger, Ibsen l'avait évidemment observé dans *Hamlet*, dont il avait vu de très belles productions à Copenhague et à Dresde. Dans un article qu'il leur avait consacré, il avait dit que « chez Hamlet, c'est précisément le manque d'aptitude à l'action qui détermine l'effet dramatique de l'ensemble ».

Un autre auteur, beaucoup plus lié à la mode du temps, a marqué la pièce, mais dans ses aspects les plus faibles, par l'abus de coïncidences et de rebondissements feuilletonesques : Eugène Scribe, très négligé aujourd'hui, était à l'époque l'auteur français le plus joué. Ibsen avait dû faire répéter des pièces de lui jusqu'à la nausée. Comment, malgré ses réserves, n'en aurait-il pas été contaminé ?

Avec cette pièce ambitieuse, il a aussi innové sur le plan du style. *Dame Inger d'Östraat* est la première pièce historique en prose jouée en Norvège. Elle fut créée, comme les deux précédents textes destinés au théâtre de Bergen, un 2 janvier, en 1855. Prudent, il avait d'abord fait croire qu'il n'en était pas l'auteur, mais qu'un ami de Christiania l'avait en quelque sorte dépanné. Devant l'accueil très favorable du comité de gestion, il en avait reconnu la paternité en dernière minute. Mais une fois encore, le public fit la fine bouche. Il se vérifia plus tard, lorsque vint la renommée, que *Inger d'Östraat* était la plus remarquable de ses pièces de jeunesse. Et l'on finit par devoir admettre, à la lumière de ses chefs-d'œuvre, qu'il y avait dessiné la première de ses grandes héroïnes féminines.

D'autres que lui, après ces défaites répétées, se seraient découragés. Il n'était pas heureux, cela se voyait à son air grincheux, mais comme il n'avait jamais été très liant, on ne s'en inquiéta pas trop. Et il chercha un nouveau moyen de conquérir ce public de Bergen décidément bien rétif. Il eut l'idée d'introduire dans une œuvre dramatique des éléments lyriques, puisque son talent de poète était apprécié, et de se replonger dans les ballades médiévales qui correspondaient au goût du temps. Cela donna *La Fête à Solhaug*, une tragi-comédie riche en péripéties encore dominée par une figure féminine. Margit, mariée sans amour à Bengt, voit reparaître Gudmund, son premier fiancé, qui jette son dévolu sur Signe, sa sœur cadette. Devenue veuve, elle ne peut reconquérir Gudmund, et entre au couvent. Le soir de la première, ce fut le délire. Lorsque Ibsen fut rentré chez lui, il eut droit à une sérénade du public sous sa fenêtre, accompagnée par l'orchestre du théâtre. À Bergen, la pièce fut jouée six fois, ce qui était considérable, et le théâtre de Christiania la mit à l'affiche dès le printemps suivant, avec un succès similaire.

Dans la bonne société de Bergen, qui avait ignoré jusque-là ce jeune homme timide et boudeur, il devint brusquement *persona grata*. Et en particulier dans le salon de Magdalene Thoresen, la seconde épouse du pasteur Thoresen. Resté veuf avec de nombreux enfants, celui-ci avait épousé, un an après l'avoir engagée, leur gouvernante, de quatorze ans sa cadette. Magdalene Thoresen, Krag de son nom de jeune fille, était une femme brillante : elle avait traduit et écrit des pièces, sans les signer pour autant.

Le 7 janvier 1855, Henrik Ibsen fit donc son entrée chez les Thoresen. Il fut beaucoup moins attentif à la maîtresse de maison qu'à l'aînée de ses belles-filles, Suzannah, âgée de dix-neuf ans. Bien plus tard, Magdalene fit le récit de l'irruption chez elle, femme de lettres respectée, de ce débutant qui venait de connaître son premier succès :

Il ressemblait à une petite marmotte farouche. Il y avait dans son comportement quelque chose de curieux et de guère gracieux, voire de plutôt maladroit et de craintif. Il n'avait toujours pas appris à mépriser l'opinion de ses semblables et c'est pourquoi il manquait d'assurance[5].

La « petite marmotte » se fit moins farouche en présence de Suzannah, ce soir-là. Elle était petite, plutôt replète, avait les cheveux noirs et très longs, les pommettes saillantes, le menton à fossette. Cette rencontre eut de nombreux témoins, qui en perçurent immédiatement l'importance. Étaient présentes la sœur de Suzannah, Marie, et son amie la plus proche, Caroline Reimers, à qui la liait le serment qu'elles auraient l'une un fils et l'autre une fille et que ces deux enfants se marieraient ensemble. Cette prévision se réalisa : le fils que Suzannah aura avec Ibsen, Sigurd, épousera Bergliot, la fille de Caroline et de l'écrivain Björnstjerne Björnson, éternel ami-rival d'Ibsen, jusque sur la place du Théâtre à Oslo, de nos jours, où leurs statues symétriques continuent de se défier l'une l'autre.

Mais nous en sommes au stade où deux jeunes gens se voient pour la première fois. Suzannah a la bonne idée de dire à Henrik qu'elle a apprécié, un an auparavant, sa pièce *Dame Inger d'Östraat*. Passionnée de littérature et de théâtre, elle-même est une conteuse irrésistible. Marie et Caroline se disent d'emblée qu'elle a trouvé un compagnon idéal. Ibsen le pense aussi, qui lui dit ce premier soir (il s'en souviendra quinze ans plus tard dans une confidence à John Paulsen), trop heureux qu'elle ait apprécié une pièce tant dédaignée : « Vous avez en vous de quoi faire une dame Inger. » Voilà Suzannah d'emblée installée dans son imaginaire.

Quelques jours après, ils se revirent au bal de la Société philharmonique, ils n'y dansèrent ni l'un ni l'autre, mais furent entraînés dans une conversation sans fin. Suzannah était très loquace, elle adorait raconter des histoires, était imprégnée de légendes et d'histoire norvégiennes, ce qui acheva de conquérir Ibsen. Cette soirée lui fit écrire un poème devenu célèbre, « À l'Unique », où il fait d'abord le portrait de celle qui le hante déjà :

> Son œil révèle une douleur secrète, j'y lis le chagrin et l'ennui, j'y lis maintes pensées de rêve qui se balancent haut et bas, un cœur qui bat avec ardeur, à qui la vie n'a pas donné la paix.

Cela s'appelle la reconnaissance de l'âme sœur, qu'il conclut sous forme de déclaration pure et simple :

> Oh toi, jeune énigme rêveuse, oserais-je t'approfondir, oserais-je hardiment te choisir pour fiancée de mes pensées[6] ?

La demande en mariage elle-même prit un tour moins solennel. Il se présenta tiré à quatre épingles au presbytère, fut introduit dans une pièce vide. Il y demeura seul très longtemps, commença de s'impatienter, se leva du sofa où il était assis, fit les cent pas, finit par prendre la porte. Au moment où il allait sortir, Suzannah surgit de derrière le sofa, où elle s'était tenue cachée, partit d'un grand rire, et lui donna son consentement. Les bans ne furent publiés que l'été suivant, et ils ne purent se marier qu'en 1858, lorsque Ibsen estima que ses revenus lui permettaient de subvenir aux besoins d'un ménage.

Le printemps 1856 réserva d'autres satisfactions à Ibsen : sa *Fête à Solhaug* fut représentée à Christiania, et également publiée. Ainsi parut un premier livre sous son nom, puisqu'il avait signé *Catilina* d'un pseudonyme. Björnson en fit dans le *Morgenbladet* un compte-rendu élogieux bien qu'à double tranchant : il admirait surtout l'aspect lyrique de l'œuvre, et reconnaissait d'abord à Ibsen un talent de poète. Ce fut l'un des premiers signes des relations complexes, contradictoires, mais tout compte fait stimulantes, que les deux écrivains eurent tout au long de leur vie.

Une visite importante marqua les annales de la ville, cette même année 1856. Napoléon III y fut reçu en grande pompe. L'empereur émit le vœu d'assister à une représentation théâtrale, ce qui n'avait pas été prévu au programme. Ibsen se fit d'abord tirer l'oreille puis, lorsqu'il apprit par le consul de France que l'illustre visiteur ne voulait pas voir une version locale d'une pièce française — elle eût plus que probablement été d'Eugène Scribe, la coqueluche des scènes européennes —, mais qu'il désirait découvrir une œuvre norvégienne et que sa propre *Fête à Solhaug* convenait très bien, il sonna le rappel des comédiens. On était fin août, ils étaient dispersés dans la nature, mais le spectacle put avoir lieu : dans la loge impériale, le président du théâtre, Peter Blytt, qui avait le pied dans le plâtre, résumait préalablement chaque acte en français. Après le spectacle, qui fut très applaudi, Ibsen remit un exemplaire du texte relié en maroquin rouge au souverain, qui promit de le faire traduire afin qu'il puisse être monté au Théâtre impérial de Saint-Cloud. Il n'en fut rien, et Ibsen dut attendre près de quarante ans avant d'être joué en France. En revanche, il n'est pas exclu que l'impératrice Eugénie ait porté la robe que son époux avait fait copier d'après le costume du personnage de Margit dans la pièce.

L'excellent accueil fait à *La Fête à Solhaug* accrut aussi l'attente du public, l'année suivante. Des excursions qu'Ibsen faisait dans le Vestland avec sa fiancée lui vint l'idée de développer l'action suggérée par une ballade locale issue de cette région. Mais *Olaf Liljekrans* déçut tout le monde, y compris son auteur, qui se mordit les doigts d'avoir laissé représenter un texte aussi inabouti. Il prit alors peu à peu conscience que sa situation à Bergen était sans issue. Il avait contribué à mettre sur pied un théâtre norvégien à part entière, certes, et il y avait rencontré sa future femme. Mais il touchait un salaire si misérable qu'il ne pouvait pas envisager de fonder un foyer, et la stimulation intellectuelle qu'il avait connue à Christiania lui manquait.

Aussi la proposition qui lui vint de Christiania au printemps ne pouvait-elle être plus opportune. Depuis quelques années y fonctionnait un théâtre en langue norvégienne situé dans la Mollergate, qui concurrençait le théâtre officiel où les spectacles ne se donnaient qu'en danois. Mais l'entreprise vivotait, et son comité décida de congédier le directeur artistique en place, un Danois au demeurant, et se tourna très naturellement vers Bergen, où l'expérience avait mieux réussi. Ibsen fut donc approché, et il se rendit aussitôt, quoique très discrètement, à Christiania pour discuter le contrat. On lui proposait le double du salaire de Bergen et un pourcentage sur les recettes si elles dépassaient un certain montant qui n'avait, il est vrai, jamais été atteint jusqu'alors. Dans une lettre circonstanciée au conseil d'administration du théâtre de Bergen, Ibsen écrit : « Je suis en droit de me demander si cela n'aurait pas été un acte inconsidéré que de repousser l'occasion qui s'offre de trouver un engagement correctement rémunéré. » Il ajoute, déférent : « Je ne serai certainement pas égoïste ni ingrat et je n'oublierai jamais ce que je dois au Théâtre de Bergen. » Mais il précise : « Cependant, j'ai aussi des devoirs à l'égard de moi-même et ma situation au sein du théâtre m'a longtemps pesé, je n'ai jamais eu les mains libres[7]. »

Le président du conseil, Peter Blytt, avec qui Ibsen continua à avoir des relations très amicales par la suite, lui accorda la liberté réclamée sans discussion. À Christiania, Ibsen se sentait désiré. Dans l'annonce de saison, qui fut distribuée dès le début d'août, le théâtre insistait sur le virage qu'il venait de négocier, et prenait argument de l'engagement d'un Norvégien de souche : « Il ne faut pas oublier non plus que le théâtre a fait un pas de plus vers son but véritable en engageant un

Norvégien comme directeur artistique[8]. » Il lui restait à mettre en pratique le slogan de la maison dont on lui confiait les rênes : « Une scène montrant la vie du peuple, une langue ayant son timbre propre[9]... »

Guerre des scènes à Christiania

Il y a deux temps forts dans l'apprentissage du théâtre par Ibsen. Celui de Bergen et celui de la Mollergate de Christiania. Le premier, ingrat à bien des égards, s'est accompagné de quelques jalons personnels de première importance, comme la rencontre de Suzannah. Le second s'avérera tourmenté et sombre, parce que les embûches ne vont pas manquer, et que certaines vont l'affecter durement, au point qu'il frôlera même quelquefois le désespoir. Au terme de cette étape, il sera tenu de prendre une décision radicale, pleine de risques, mais qui va lui permettre de trouver sa juste dimension. Il ne serait jamais devenu Henrik Ibsen s'il n'avait pas, au cours de cette phase sombre, côtoyé des abîmes. Ces années sont, à cet égard, capitales. Il s'en souviendra toujours avec amertume, mais tout en sachant qu'il aura eu à les traverser pour trouver sa vérité.

Une querelle marqua son arrivée à Christiania. Il avait envoyé au théâtre de la ville, quelques semaines avant son arrivée, et ignorant encore qu'il s'y installerait aussi vite, une pièce, *Les Guerriers de Helgeland*, inspirée des sagas islandaises, dans le registre du *Tertre du guerrier*, qui avait fait long feu sur la même scène huit ans auparavant. C'est une œuvre beaucoup plus mûrie, qui s'appuie sur un épisode traditionnellement connu pour développer un thème qui reviendra dans son œuvre par la suite, celui de la trahison de l'amour et ses conséquences funestes. Comme Catilina, le héros de ses débuts d'auteur dramatique, Sigurd est partagé entre deux femmes et, trahissant celle qu'il aime vraiment, Hjordis, ruine leurs deux destinées. On a pu voir dans cette œuvre, qui participe encore de son apprentissage, des signes avant-coureurs de ses chefs-d'œuvre. La relation entre Sigurd et Hjordis, comme Michael Meyer l'indique[1], préfigure celle qui lie Hedda et Lovborg dans *Hedda Gabler* trente ans plus tard.

S'il n'avait pas envoyé *Les Guerriers de Helgeland* au Théâtre norvégien de Christiania, c'est qu'il présumait à l'époque qu'il ne disposait pas des comédiens capables de la défendre, problème auquel il allait à présent devoir porter remède.

Il attendit un signe de Carl Borgaard, le directeur du théâtre de Christiania, qu'il allait désormais concurrencer. N'en obtenant aucun, il insista pour avoir une réponse claire. On lui objecte : « Comme le statut financier du théâtre ne lui permet pas de payer des honoraires pour des œuvres originales, la pièce de M. Ibsen ne pourra pas être représentée pendant la saison en cours. » Ibsen rendit aussitôt son indignation publique dans un article paru dans l'*Aftenbladet* du 10 mars, texte que l'histoire littéraire a retenu comme le « manifeste ibsénien ». Il n'y allait pas de main morte, usant au passage de la formule « ou bien, ou bien » si typiquement kierkegaardienne :

Il est bon que cette déclaration soit enfin venue ; la paix doit maintenant être rompue dans notre monde dramatique, et le sera ; il faut que les pouvoirs publics prennent parti pour ou contre, car la neutralité actuelle est une position intenable. Ou bien nous devons avoir un théâtre norvégien qui comprend les intérêts artistiques nationaux et a le pouvoir d'agir pour eux, ou bien nous devons tous, comme un seul homme, y affluer lorsque, désormais trois fois par semaine, elle nous servira des traductions ramassées de tous les pays du monde.

La polémique était déclenchée. Son ami Botten-Hansen, qui allait publier le texte des *Guerriers de Helgeland* dans son hebdomadaire *Illustreret Nyhedsblad*, monta à son tour au créneau.

Le redoutable Richard Petersen, chef de file des « danophiles » qu'Ibsen allait retrouver maintes fois sur sa route, réagit violemment. Il traitait l'auteur du « manifeste » de nullité que « rien ne permettait de s'identifier à la littérature du pays tout entier ». Il assortit son attaque de commentaires sur ses pièces, alléguant par exemple que chaque personnage d'*Inger d'Östraat* « était marqué au sceau de la bassesse ». Petersen, qui était juriste, venait tout juste d'obtenir le poste qu'il briguait, celui de directeur de prison.

L'affaire continua d'occuper les colonnes des journaux durant les semaines qui suivirent. Cette polémique avait fait tant de bruit qu'en la déclenchant Ibsen avait servi la cause de la littérature norvégienne. Il la défendait dans un esprit de « nationalisme internationaliste », car il était convaincu, comme le synthétisa Pierre Georget La Chesnais, que « c'est seulement avec la conscience et l'affirmation de sa nationalité qu'une littérature prend place dans l'ensemble des littératures des différents pays[2] ». Et, conséquent avec lui-même, il décida de monter la pièce dans « son » théâtre en novembre 1858, donc au cours de la deuxième saison de son mandat. Il y prépara les comédiens soigneusement, investit beaucoup de moyens dans les décors et les costumes, et ses efforts furent payants : le spectacle fut très bien accueilli. Trois ans plus tard, il réalisa son destin initial, puisque la pièce était à l'affiche du théâtre de Christiania, avec dans le rôle de Hjordis « la » diva du Théâtre norvégien, Laura Gundersen, qui en fit son personnage fétiche, l'incarnant une centaine de fois au cours de sa carrière.

Durant sa première année de direction, Ibsen se livra à une activité qui a de quoi déconcerter aujourd'hui. Il écrivait des comptes-rendus de théâtre dans le magazine de son ami Botten-Hansen qui ne portaient évidemment pas sur les spectacles qu'il programmait lui-même, mais sur ceux du théâtre de Christiania ! À sa décharge, il n'était pas très féroce, mais on peut se demander s'il ne modérait pas ses propos en raison de sa situation. Ces articles contiennent des considérations intéressantes sur sa conception de la dramaturgie. À propos d'une pièce historique d'Andreas Munch sur Lord

Russel, exécuté en 1683 parce qu'il avait trempé dans un complot contre Charles II, il se félicite que l'auteur n'ait pas fait de ses personnages des « dieux mineurs » mais plutôt de « grands hommes mortels ». Il y glisse aussi en passant sa conception du symbolisme, qui éclaire l'esthétique de ses dernières œuvres notamment :

Tout être humain de valeur est symbolique, tant dans sa carrière que dans sa relation à l'histoire. Mais les mauvais écrivains rendent ce symbolisme conscient. Alors qu'il doit être caché dans l'œuvre, comme une veine d'argent dans une montagne, il est sans cesse présenté à la lumière du jour.

Le mérite de la pièce de Munch, dit-il,

est que ce n'est pas une bataille d'idées qui se joue devant nous, pas plus que cela ne se passe en réalité ; on voit des conflits humains derrière lesquels des idées s'affrontent, triomphent ou sont vaincues. Et la pièce ne se termine pas lorsque le rideau tombe après le cinquième acte. La vraie fin se situe au-delà : le poète indique la direction dans laquelle nous devons chercher ; à chacun d'entre nous de trouver son propre chemin.

À la tête du théâtre de la Mollergate, Ibsen répondit bien à l'attente de ceux qui lui avaient fait confiance : la première saison dégagea des bénéfices et lui permit même d'assainir sa propre situation financière. Il pouvait donc épouser Suzannah. Le mariage eut lieu le 18 juin 1858 à Bergen, sans beaucoup de cérémonie car le père de la mariée, le doyen Thoresen, venait de mourir. Il fut célébré par son remplaçant, le pasteur Reimers, le père de Caroline, l'amie de Suzannah, qui quelques mois plus tard allait épouser Björnson. En Suzannah, Ibsen avait trouvé la compagne qu'il lui fallait, il s'en expliqua douze ans plus tard à Peter Hansen :

Elle a exactement le caractère dont j'ai besoin, illogique mais avec une intuition poétique très forte, une ampleur de vue et une horreur presque violente de tout ce qui est médiocre[3].

Dès la deuxième saison, il commença cependant à se rendre à l'évidence que la majorité de son public, qu'il était parvenu à élargir, et qui s'était enrichi d'une frange de spectateurs plus cultivés, surtout les soirs de gala, conservait des goûts assez frustes. Ses comédiens étaient rétifs à suivre ses indications, parce qu'ils savaient, eux, à quels effets les spectateurs réagissaient le mieux. Il voyait sa pratique quotidienne, assortie d'une obligation de résultat qu'exigeaient ses employeurs et qui conditionnait ses propres revenus, s'éloigner de ses idéaux. À Björnson qui lui avait succédé entretemps à Bergen et qui devait assumer plus tard la direction du théâtre de Christiania, il adressa un jour, quand il eut quitté pour longtemps la Norvège, cette mise en garde :

Le labeur théâtral est pour l'écrivain un véritable avortement répété chaque jour. Les lois civiles condamnent ce genre d'acte, je ne sais pas si Dieu est plus tolérant. Prends garde, cher Björnson ! Le talent n'est pas un acte, c'est un devoir[4].

Ibsen ne trouvait pas seulement le réconfort auprès de Suzannah. À Christiania, il avait renoué avec des amis qu'il avait connus du temps de la boîte à bachot, et même de Grimstad. Abildgaard était toujours en prison mais Paul Botten-Hansen, le bibliophile, était plus actif que jamais à la tête de son hebdomadaire, le *Illustreret Nyhedsblad*, qui pouvait se targuer de dépasser les 1 300 abonnés. Les réunions amicales se tenaient chez lui, dans son appartement tapissé de livres, où venaient tous les lundis Mikhael Birkeland, juriste passionné d'histoire et scandinaviste convaincu (les scandinavistes préconisaient une bonne entente entre les États nordiques, mais disposant chacun d'une complète indépendance), Jakob Lökke, de tous l'ami le plus proche d'Ibsen, professeur au principal lycée de la ville, très engagé dans la défense de la langue norvégienne, et Ludvig Daae, philologue classique, qui devint par la suite professeur d'histoire à l'université. Ils s'étaient dénommés eux-mêmes les « Hollandais », à cause d'une réplique d'une pièce de Holberg, le classique norvégien, que Daae avait utilisée à propos de l'incroyable talent qu'avait Botten-Hansen pour dénicher les livres les plus introuvables : « Diable soit du Hollandais, il a ses espions de tous les côtés ! » Ces intellectuels de haut vol — Ibsen était le seul à n'avoir pas terminé un cycle d'enseignement supérieur — formaient un aréopage de brillants causeurs qui passait au crible toutes les hypocrisies et impostures du temps. Ibsen, très féru de discussions aux prémisses absurdes et de théories paradoxales, était le plus assidu. Dans cette ambiance complice et survoltée de gens d'esprit indifférents à la réussite matérielle et à l'appétit de pouvoir, il oubliait ses nombreux soucis.

Sur le plan de l'écriture, il souffrait de n'avoir plus assez de temps à consacrer à ses pièces et sentait même se tarir sa veine de poète trop souvent sollicité pour écrire des vers de circonstance. Il cherchait un dérivatif dans la peinture et se postait volontiers devant son chevalet, mais Suzannah l'en dissuadait, lui rappelant qu'il n'avait aucune disposition sérieuse pour cet art. Il fut heureux de voir Björnson se réinstaller à Christiania. Les deux couples, qui étaient doublement liés, vécurent un temps dans la même maison. Björnson, à ce moment, se lançait dans le journalisme, il avait même acheté la moitié des parts de l'*Aftenbladet* et se profilait de plus en plus comme leader d'opinion : Ibsen l'encouragerait dans ce sens, notamment en l'incitant à fonder et à diriger une société norvégienne pour le progrès de la norvégianisation.

Ibsen vivait de plus en plus mal la pression des administrateurs de son théâtre. Il avait beau tenter de se raisonner, se disant qu'« au théâtre, on acquiert le sens pratique, on s'habitue à accepter le poids de la réalité et à abandonner temporairement les exigences de l'idéal », il supportait de moins en moins les contraintes de la gestion, aggravées par le fait que les bons résultats obtenus la première année de sa direction avaient incité ses patrons à acheter le bâtiment qu'ils avaient en location jusque-là. L'hypothèque qu'ils avaient dû contracter les rendait forcément plus attentifs à la rentabilité.

À l'avant-veille de Noël 1859, Suzannah donna le jour à un garçon, qui fut baptisé Sigurd, du nom du personnage principal des *Guerriers de Helgeland*, et Björnson devint ainsi le parrain d'un garçon qui deviendrait un jour son gendre. On ne sait si ce fut en raison de problèmes posés lors de l'accouchement, mais Suzannah, d'après la rumeur qui se répandit dans le quartier peu après, et que Caroline Björnson confirma bien plus tard, proclama en relevant de couches qu'elle ne voulait plus jamais avoir d'enfant. Sigurd, en effet, resta fils unique. Si cela implique, comme beaucoup de commentateurs l'ont prétendu, que leurs relations s'en soient tenues désormais, comme l'écrit Hans Heiberg, au « stade d'un fidèle amour platonique », il se peut que cela ait contribué à la dépression qui allait peu à peu gagner Ibsen.

Un texte datant de cette période de relative stérilité littéraire (il n'écrivit rien pour le théâtre durant cinq ans) révèle ses aspirations intimes. « Sur les hauteurs[5] », poème philosophique de près de quatre cents vers, considéré souvent comme son plus grand accomplissement lyrique, parle d'un jeune homme attiré par la montagne. Chaque fois qu'il est tenté de redescendre dans la vallée, un étrange chasseur, qui représente sa voix intérieure, lui dit : « Que vas-tu faire là-bas ? Tu seras seul. » Ce poème a donné lieu à des interprétations très diverses. Certains y ont vu une apologie de l'approche esthétique de l'artiste, d'autres une critique de cette attitude, jugée inhumaine. Il est permis aussi d'y voir une opposition de la solitude volontaire à la solitude dans la société, une défense de la prise de distance que peut représenter l'exil. Commençait-il déjà alors à envisager de quitter la Norvège ?

La pensée irriguant ce poème a souvent été rapprochée de Kierkegaard, dont les œuvres alimentaient les discussions des « Hollandais » et trouvent de nombreux échos chez Ibsen, même s'il n'a jamais manifesté publiquement une grande admiration pour le philosophe danois. Lorsque Kierkegaard dit que « la vérité est dans la minorité », il annonce l'affirmation de Stockmann, « la minorité a toujours raison », dans *Un ennemi du peuple*. Lorsque Kierkegaard avance que « la grande affaire n'est pas d'être ceci ou cela, mais soi-même, et cela, tout être humain le peut s'il le veut », on reconnaît la profession de foi contenue dans *Brand*, qu'Ibsen écrira dès qu'il aura gagné l'Italie.

Peu à peu, Ibsen marqua des signes de désintérêt pour le théâtre qu'il était censé diriger. Il ne se mêla pour ainsi dire pas des travaux de rénovation qui furent réalisés durant l'été 1860 et qui retardèrent l'ouverture de la saison jusqu'en octobre. Les membres du conseil, furieux qu'il s'absente de leurs réunions, allèrent même en tenir une dans une taverne de la Prinsensgade qu'il avait la réputation de fréquenter. La presse critiquait son indolence, au point que le *Christiania Post* en conclut, fin mai 1861, que « M. Ibsen n'est pas l'homme qui convient pour diriger notre théâtre ».

Ibsen eut ses défenseurs, bien sûr, et Botten-Hansen y alla, dans son magazine, d'un vibrant plaidoyer, au demeurant visionnaire, disant que ceux qui s'en prenaient à Ibsen devaient se rendre compte que cet homme qu'ils « attaquaient si vilainement survivrait dans la littérature norvégienne bien après que la mousse et les herbes auront envahi leur tombe et que les orties auront poussé sur leurs réputations littéraires ». Mais cela ne suffit pas à ragaillardir la cible des attaques : une nuit, des étudiants durent ramener chez lui un Ibsen qu'ils avaient trouvé étendu ivre mort dans le caniveau.

La dépression était telle qu'il lui arrivait d'errer dans les rues en proie à des accès de rage : Suzannah, alors, devait le récupérer et lui prodiguer force soins. Ibsen se sentait oppressé de partout : la charge de directeur dont l'exercice le décevait jusqu'au désespoir, son incapacité de se remettre à l'écriture dramatique, l'incompréhension des pouvoirs publics, qui se refusaient à lui verser une bourse de voyage, alors que Björnson et d'autres confrères en avaient obtenue. La rivalité entre eux, qui se vérifia durant toute leur vie, était complexe. Longtemps, Ibsen envia l'entregent, l'aisance en public et les premiers succès de Björnson. Plus tard, Björnson conçut du dépit face à l'extraordinaire rayonnement international de l'œuvre d'Ibsen. Mais si de longues périodes de ressentiment mutuel interrompirent leurs relations, elles connurent aussi des moments de vive convergence. Au cours de cette phase très pénible, on verra que les interventions, recommandations, stimulations de Björnson en faveur d'Ibsen furent particulièrement décisives.

L'avenir du théâtre de la Mollergate semblait, en cet été 1862, totalement compromis. Une solution de dernière chance avait été suggérée par les comédiens, qui étaient prêts à se cotiser pour payer eux-mêmes les frais de location du théâtre. Il était cependant trop tard : le dépôt de bilan s'avéra inéluctable. Ibsen avait obtenu une modeste bourse qui ne lui permit pas, comme Björnson, de se rendre en Italie, mais seulement d'explorer le nord de son pays, la vallée du Gudbrandsdal en particulier, à la recherche de traditions populaires. Cette randonnée lui fit du bien, lui permit de surmonter la défaite qu'il venait de subir à Christiania, où les efforts qu'il avait déployés (surtout durant la première moitié de son mandat de cinq ans) avaient été si peu concluants et, de surcroît, avaient asséché sa créativité de dramaturge. Sur ce plan, il restaura bientôt son énergie créatrice.

Dès l'automne 1862, il se remit à un projet qu'il traînait depuis plusieurs années, sous le titre provisoire de « Svanhild » (variante de « Suzannah ») et qui fut intitulé en fin de compte *La Comédie de l'amour*. C'est une comédie contemporaine écrite en vers d'une virtuosité confondante, où se mêlent les idées de Kierkegaard sur l'amour (la seule manière d'éviter qu'il ne s'étiole est de ne pas le consommer), la critique de l'embourgeoisement inévitable de la jeunesse des classes aisées et la caricature d'après nature de quelques personnalités en vue. Sous une apparence frivole, elle oppose un amour intense, mais fugitif, celui du poète Falk, et un amour plus quotidien, mais plus durable, proposé par le marchand Guldstad. Manifestement, Ibsen n'écrivit pas cet apologue pour épater la galerie, ou éventuellement la divertir, mais pour se libérer d'une colère accumulée au cours de ses années de frustration qui l'avaient conduit jusqu'à la dépression.

Elle parut dans le numéro de Saint-Sylvestre de l'*Illustreret Nyhedsblad*, dont Botten-Hansen partageait à présent la direction avec Jonas Lie. Le lendemain, parce qu'il n'avait plus d'emploi, Ibsen accepta un engagement en tant que conseiller esthétique au théâtre de Christiania. Théâtre qu'il avait tant combattu, mais auquel il avait consacré quelques articles les derniers mois, notamment pour suggérer qu'il fusionne avec le théâtre de la Mollergate qui aurait ainsi échappé à la déconfiture. Son salaire ne représentait plus que la moitié de ce qu'il touchait au Théâtre norvégien. Aussi s'adressa-t-il au gouvernement pour obtenir une allocation annuelle. Andreas Munch en avait déjà obtenu une, Björnson venait lui aussi de déposer sa demande. Le débat au Parlement (le *Storting*) ne fut pas décourageant, puisque les adversaires ne l'emportèrent que par quarante-neuf voix contre quarante. Et s'il n'avait pas emporté la mise, c'est que *La Comédie de l'amour* n'avait pas fait que des heureux. Un membre du collège académique dit que l'auteur d'une comédie aussi amorale méritait des coups de bâton et non la bourse qu'il avait demandée.

En juin 1863, il fut invité par les étudiants de Christiania à les accompagner au festival de chant choral de Bergen : n'était-il pas, depuis longtemps, le plus réputé de leurs paroliers ? Il retrouva la ville qui lui avait laissé tant de souvenirs heureux et moins heureux, et y fut très bien accueilli par Björnson, qui était l'hôte d'honneur de la manifestation. Ce dernier se sentait redevable à l'égard de son collègue et aîné, parce qu'il avait obtenu l'allocation du gouvernement qui avait été refusée à Ibsen. Celui-ci put non seulement tout d'abord constater qu'il était très apprécié par les jeunes, mais mesurer combien Björnson lui était profondément attaché.

Il revint de Bergen chauffé à blanc en quelque sorte, et se mit aussitôt (ne plus avoir un théâtre à gérer lui donnait décidément des ailes) à l'écriture de l'une de ses œuvres les plus réputées en Scandinavie, *Les Prétendants à la couronne*, écrite en six semaines avec une facilité qui l'étonna lui-même. Elle met en scène le roi Hakon Hakonson, connu pour avoir réussi à pacifier le territoire norvégien au XIIIe siècle, grâce à ses convictions, notamment celle d'être le fils illégitime du roi défunt, alors que le comte Skule, frère du roi, était tiraillé par le doute. Beaucoup ont cru voir en Björnson le modèle de Hakon et en Ibsen celui de Skule. L'Histoire relate que l'évêque Nicolas avait cherché à les réconcilier. Ibsen fait de lui au contraire l'attiseur de leur querelle : il veut donner au personnage la vilenie d'un génie du Mal à la Richard III.

Pièce psychologique avant tout, *Les Prétendants à la couronne*, sous ses dehors de tragédie historique, fait preuve d'une rare pénétration dans l'analyse des motivations. Hakon croit au bien-fondé de son action parce qu'il a identifié la source vive de sa vocation. Skule admet sa défaite parce qu'il sait qu'il en est dépourvu. L'évêque, le personnage le plus ambigu de la pièce, compense par ses menées machiavéliques son impuissance foncière.

La pièce, la dernière écrite en Norvège avant l'exil, est considérée par certains comme le premier élément d'une tétralogie qu'elle forme avec *Brand*, *Peer Gynt* et *Empereur et Galiléen*, ce qui lui confère un statut très important dans l'organisation générale de l'œuvre. Elle joua un rôle décisif dans l'histoire de la Norvège, ne fût-ce que parce que le cri de ralliement de Hakon, « La Norvège est un royaume, elle deviendra une nation ! », a été repris comme slogan par les militants de l'indépendance norvégienne tout au long du XIXe siècle.

Ibsen la mit en scène lui-même au théâtre de Christiania en janvier 1864, et l'accueil critique fut excellent. Il tenait, d'une certaine façon, sa revanche sur les humiliations qu'il avait subies au cours des dernières années, mais cela ne le tira pas de ses embarras financiers pour autant. Il décrocha, enfin, une bourse de voyage, dont le versement tant espéré ne lui servit qu'à rembourser ses dettes diverses et à payer le voyage de Suzannah et de Sigurd à Copenhague où Magdalene Thoresen s'était installée depuis son veuvage. Pour honorer sa bourse, il « devait » cependant partir à l'étranger. Björnson, une fois encore, eut un rôle providentiel. Lui qui revenait d'un séjour en Italie qui l'avait enchanté confirma Ibsen dans son désir de partir vers le sud. Pour lui donner les moyens de voyager, Björnson fit souscrire quelques sympathisants aux situations de fortune diverses, ce qui permit de réunir une somme confortable. La réputation de piètre comptable d'Ibsen eut pour effet que l'argent lui fut versé par tranches par un avocat chargé de la transaction, dont les mandats, dans les premiers temps du séjour à Rome, étaient intensément espérés.

Des événements politiques réduisirent encore les regrets qu'aurait pu avoir Ibsen de quitter sa patrie où il ne vint se réinstaller que vingt-sept ans plus tard. Le roi du Danemark, Frédéric VII, mourut le 15 novembre 1863. Sa succession était compliquée parce que la procédure n'était pas la même pour le Danemark que pour le duché de Schlesvig, dont la population était en partie danoise. Le Holstein avait déjà été cédé, au moins implicitement, par les Danois aux Allemands, dans l'espoir de conserver la souveraineté sur le Schlesvig. Cette politique entrait en contradiction avec une déclaration de 1852, selon laquelle le Danemark n'aurait pas de relations plus étroites avec un duché qu'avec l'autre. La Confédération germanique saisit l'occasion de la mort de Frédéric VII pour récupérer non pas un seul, mais les deux duchés. Les troupes prussiennes et autrichiennes commencèrent par occuper le Holstein, qui leur était en quelque sorte abandonné, puis envahirent le Schlesvig, le 1er février 1864.

Dans la crainte de ce type d'agression, le ministre des Affaires étrangères de la Suède, qui traitait aussi au nom de la Norvège, avait négocié une alliance avec le Danemark. Cela s'inscrivait dans le cadre d'une optique « scandinaviste », à laquelle Ibsen, toute sa vie, resterait fidèlement attaché. Il se sentait norvégien et scandinave, et trouvait ces identités complémentaires, dans l'esprit d'un nationalisme internationaliste. Il avait évoqué fréquemment dans ses poèmes de circonstance cette solidarité. Comme dans ce chant écrit pour le bal des soldats de Christiania le jour du couronnement du roi Carl, le 5 août 1860 :

> Oui, s'il s'agit quelque jour pour le Nord
> de lutter contre l'étranger,
> nous marcherons à la suite du roi,
> et le Suédois à nos côtés[6].

Le scandinavisme des Suédois et des Norvégiens étant directement mis à l'épreuve, la mobilisation des esprits ne se fit pas attendre, notamment dans les milieux intellectuels. Un meeting préparatoire se tint le 22 décembre 1863, où tout le monde était présent, y compris les « Hollandais » pourtant moins convaincus que lui. Ce qu'Ibsen attendait, c'était une décision claire du *Storting* d'aller porter secours au Danemark. Or le Parlement, près de deux mois après l'agression, fit dépendre l'intervention norvégienne de celle des puissances occidentales, ce qui visait avant tout la France. Björnson et Ibsen divergèrent sur l'interprétation de cette attitude. Le premier, pensant que le roi Carl XV en était l'inspirateur, en déduisait que la Norvège devrait bientôt se doter d'une république, tandis qu'Ibsen était convaincu du contraire : selon lui, les députés n'avaient pas tenu compte du désir d'intervention du souverain, qu'il décrivit plus tard comme « un pauvre oiseau royal dont la volonté, en secret, fut enchaînée ». Ibsen, déçu par l'opinion publique et par les politiques, quitta son pays profondément meurtri. Le 30 mars, au lendemain du vote si funeste du *Storting*, eut lieu un petit dîner restreint avec les « Hollandais », afin de fêter à la fois le départ d'Ibsen et la nomination de Botten-Hansen au poste de bibliothécaire de l'université. Leurs voies allaient désormais se séparer. Le matin du 5 avril, Ibsen s'embarqua pour Copenhague. L'exilé entamait son périple.

Le scorpion sous la cloche

En travaillant au grand poème dramatique qu'il entreprit durant son premier séjour romain, Ibsen avait, sur sa table de travail, un scorpion enfermé sous une cloche de verre. De temps en temps, il lui fournissait un fruit frais dans lequel l'arachnide injectait son poison. Ce voisinage le stimulait, l'ardeur retrouvée de l'animal lui insufflait la force de poursuivre. Il était attelé à l'écriture du premier de ses chefs-d'œuvre, *Brand*. Il revêtait une forme théâtrale, mais son auteur ne le destinait pas à la scène pour autant. Ce serait un *lesedrame*, une pièce à lire. D'autres avant lui, Hugo, Musset, avaient marqué de la sorte leur volonté de rompre avec les usages scéniques de leur époque. Ibsen, avec plus de conviction encore, voulait au surplus prendre ses distances avec la pratique théâtrale, qu'il n'avait fréquentée que de trop près.

Le voyage jusqu'à Rome avait été riche en émotions. Ibsen emportait un projet avec lui, l'histoire d'un flibustier du nom de Magnus Heineson, dont il avait envisagé de tirer un drame, idée qu'il abandonna dans son rejet du passé de la Norvège dont l'attitude, toute de lâcheté lors de la guerre du Schleswig-Holstein, l'avait profondément blessé. À Copenhague, il avait appris que les Allemands s'étaient emparés de la forteresse de Dybbol, dernier rempart face aux envahisseurs. Le « scandinavisme », décidément, était bien mort, face à l'expansion allemande qui aurait les fâcheuses conséquences que l'on sait. À Lübeck, il dut assister, fin avril, aux démonstrations de victoire des Allemands. À Berlin, il vit défiler les mêmes troupes, traînant un canon de la forteresse, sur lequel crachait la populace. « Si j'étais resté à Berlin, écrivit-il à Björnson de Rome, je ne sais pas si j'aurais gardé toute ma raison. »

Il arriva à Rome début juin, en étant passé par Vienne. Sa sortie du tunnel alpin à Mira Mara, il s'en souvint encore trente-quatre ans plus tard lorsqu'il évoqua dans un discours la « lumière merveilleuse du Sud qui se révéla à lui comme du marbre blanc étincelant[1] ». Il avait l'impression d'être « libéré des ténèbres par la lumière, d'émerger des brumes par un tunnel qui débouchait sur le soleil ». Il découvrit Trieste, Venise, Milan, Piacenza, Parme et Bologne, mais on ne sait ce qu'il ressentit au fil de ses six semaines d'initiation : les lettres qu'il écrivit à Suzannah, qui le rejoindrait plus tard avec Sigurd, n'ont pas été conservées.

L'Italie avait tiré les leçons de 1848. Garibaldi venait de confier les clés d'une Italie quasi unifiée au roi Victor-Emmanuel de Piémont-Sardaigne. Seule Venise restait aux mains des Autrichiens, et le pape, protégé par les troupes françaises, demeurait le maître de Rome. La ville était sale, nauséabonde. Ibsen se souvint longtemps qu'on y « faisait ses besoins, faute d'équipements adéquats, dans les cours des anciens palais ». Il trouva tout de suite un excellent cicérone en Johan Bravo, originaire du Holstein, qui était consul de Norvège. Il fut d'emblée introduit au Circolo Scandinavo, installé dans le Palazzo Correa, lui-même construit dans les ruines du mausolée d'Auguste. Le secrétaire de Bravo, Lorentz Dietrichson, était né à Bergen, avait été un ami d'enfance de Suzannah et exerçait aussi les fonctions de bibliothécaire du club. Il avait collaboré au *Illustreret Nyhedsblad*, et enseigné un temps à Uppsala où il s'était fait le champion des forces vives de la littérature norvégienne, Björnson et Ibsen en tête. Il s'était bien sûr senti tout de suite en pays de connaissance : le futur professeur d'histoire de l'art à l'université de Christiania fut un guide idéal, qui amena Ibsen dès le premier jour de son séjour à Saint-Pierre, au Forum, sur le Janicule d'où ils admirèrent le panorama de la ville, enfin dans une trattoria arborée au bord du Tibre. Elle portait l'enseigne de la Fornarina, parce qu'il se disait que Raphaël avait rencontré à cet endroit la fille de boulanger qui serait le modèle du tableau portant le même nom…

Ibsen adopta bientôt l'habitude romaine de fuir les chaleurs estivales et suivit les Dietrichson à Genzano au bord du lac Nemi. Il y rencontra Lina Bruun, une Norvégienne qui s'était installée à Rome en raison de la santé précaire de ses enfants. L'aîné et le seul valide d'entre eux, Christopher, étudiant en théologie, s'était engagé dans les troupes volontaires — fort peu nombreuses — qui avaient défendu le Danemark contre les appétits teutons, et devait, après la défaite, rejoindre sa famille d'un jour à l'autre.

Au cours de ce séjour, Dietrichson et Ibsen se rendirent à dos d'âne à Castel Gandolfo tout proche. Ils y firent sensation, parce qu'on n'y attendait pas les deux Scandinaves en semblable attelage, mais la procession du pape se rendant à sa résidence d'été. Leurs deux montures, effrayées par la foule, se mirent au galop, manquèrent désarçonner leurs cavaliers, puis s'affalèrent au milieu du chemin. On dut les évacuer pour laisser le passage au cortège papal. Les deux perturbateurs involontaires n'en furent pas moins bénis par Pie IX.

De nouveaux projets se firent jour en lui, reléguant toujours plus loin le pirate Heineson. Dietrichson lui parla de ses lectures sur Julien l'Apostat, et il se sentit fort intéressé : de là germa peut-être l'idée du vaste diptyque qu'il n'acheva que neuf ans plus tard. Mais le choc vint aussi de la rencontre avec Christopher Bruun, alerté par les lettres de sa mère, qui l'avait abreuvé de commentaires sur Ibsen. Elle l'avait d'abord trouvé imbuvable, puis fascinant, totalement contradictoire et en fin de compte attachant. Sa consommation de breuvages l'avait frappée : « Il aime le vin, parce que cela stimule ses instincts animaux, mais lorsqu'il écrit, il ne boit que du thé. »

Christopher, qui était revenu du Danemark à pied, était un jeune théologien sans concessions, qui se destinait à la prêtrise mais ne voulait pas se plier aux règles de l'Église. Cet esprit sincèrement engagé, prêt à tous les sacrifices — ce qui explique qu'il ait payé de sa personne dans la guerre —, impressionna Ibsen. Bruun, il le savait, avait cherché à persuader les étudiants norvégiens de prendre les armes, et avait constaté qu'ils hésitaient beaucoup. Même les soldats danois, sur le champ de bataille, lui avaient paru démotivés. Il n'hésita d'ailleurs pas à interpeller Ibsen, lui demandant pourquoi, lui qui se déclarait tellement concerné par la cause, ne s'était pas engagé. Ibsen avait répondu, embarrassé, que « les poètes avaient d'autres tâches à accomplir ». La question avait laissé s'imprimer un doute en lui : sa vocation littéraire justifiait-elle vraiment tout, y compris d'imposer une vie si précaire à sa femme et à son fils ? Indéniablement, Christopher Bruun a fort contribué à la conception de *Brand* — comme du reste le contexte politique, tant du côté scandinave qu'italien. D'un côté, Ibsen est motivé par le manque de passion et de courage qu'il a observé chez ses compatriotes, auquel il oppose la ferveur de Brand. De l'autre, il admire la figure de Garibaldi, qui a su entraîner ses partisans avec la même exigence que Brand quand il leur a dit : « Je ne vous offre ni solde, ni quartiers, ni provisions. Je vous offre la faim, la soif, les marches forcées, le combat et la mort. »

Ibsen donna d'abord une forme lyrique à ce texte, connue sous l'appellation de « Brand épique », et dont le manuscrit ne fut rendu public qu'après sa mort. Pourquoi a-t-il renoncé à l'envoyer à Frederik Hegel, le grand éditeur danois qui dirigeait Gyldendal, à qui Björnson l'avait recommandé, et qui devint désormais son principal soutien professionnel ? C'est qu'il a éprouvé une sorte de révélation dans un lieu plutôt propice à l'expérience. Il séjournait à Ariccia lorsque, à la mi-juillet, des obligations l'appelèrent à Rome. Il se rendit dans la basilique vaticane qui l'avait tant impressionné le jour de son arrivée et fut sujet à une illumination qu'il raconte à Björnson dans une lettre du 12 septembre 1865 :

> Là s'est révélée soudain à moi la forme sous laquelle je pouvais exprimer clairement et avec force ce que j'avais à dire. Alors, j'ai jeté par-dessus bord tout ce avec quoi je m'étais torturé l'esprit sans arriver à aucun résultat et, au milieu du mois de juillet, j'ai commencé quelque chose de nouveau qui avançait avec une facilité qui ne m'avait jamais été donnée jusqu'à maintenant. C'est un poème dramatique, cinq actes en vers rimés. Le quatrième est presque terminé et je sens que je peux écrire le cinquième en huit jours, je travaille matin et soir, ce que je n'ai jamais pu faire avant[2].

À Saint-Pierre, beaucoup de choses ont pu l'émouvoir. On peut penser que la *Pietà* de Michel-Ange était du nombre, parce qu'à Florence, déjà, il avait été marqué par les marbres inachevés des jardins Boboli. Il s'était reconnu dans ces créatures cherchant à s'arracher de la matière, et le processus d'élaboration de *Brand* a dû lui procurer une sensation comparable

À l'arrivée de Suzannah et de Sigurd, fin septembre, ils s'installèrent dans un appartement au 55, via Capo le Case, au coin de la via Dua Macelli, où ils restèrent durant les quatre années de leur séjour. Ibsen fréquentait assidûment le club scandinave, dont il rédigeait le périodique. Il faisait des suggestions qui étaient affichées à l'entrée, comme de s'abonner à *L'Osservatore Romano*, d'épingler un plan de la cité du Vatican, ou d'interdire l'accès du club aux Allemands. La troisième proposition ne récolta que deux votes favorables. Cet antigermanisme déclaré ne l'empêchait pas d'être un client assidu de la Cucina Tedesca, au coin de la via del Tritone, qui proposait en plus de la cuisine italienne des crêpes et de la choucroute...

Pendant ce temps, il acheva ce grand poème qui est la dramatisation d'un dialogue avec soi. Le Dieu qu'invoque Brand pour tous les sacrifices qu'il exige de lui-même et des autres, et qui provoque tant de malheurs s'abattant sur lui et son entourage, c'est son identité la plus profonde, cette vérité de l'être qu'Ibsen a si souvent tenue pour une forme d'absolu. Si le texte lui a paru, dans sa forme définitive, couler comme naturellement de sa plume, c'est qu'il correspondait à un besoin d'épanchement, pas seulement philosophique, mais aussi psychologique et politique qu'il avait dû trop longtemps contenir en lui. L'autre volet de cette hygiène sera *Peer Gynt*.

Il envoya le manuscrit de *Brand* à la mi-novembre 1865 à Gyldendal. Frederik Hegel fut un peu déconcerté par la langue très norvégienne d'Ibsen, qui lui laissait carte blanche pour les corrections :

n'était-ce pas la première fois qu'il était édité à Copenhague ? Quelque temps plus tard, l'éditeur, manifestement décontenancé par le texte, qui ne correspondait pas à ce que les œuvres antérieures d'Ibsen lui avaient permis d'attendre, lui fit savoir que le tirage serait réduit de moitié par rapport à ce qui était prévu, ne compterait donc que six cent vingt-cinq exemplaires, mais que le livre sortirait pour Noël. Cette échéance, qui sera celle de toutes les publications d'Ibsen chez Gyldendal désormais, ne sera pas respectée en cette première occurrence.

Ibsen fut encore une fois d'accord pour tout : il avait besoin comme de pain des droits que lui rapporterait le livre, lui qui ne vivait que des sommes que Björnson, devenu entre-temps directeur du théâtre de Christiania, glanait en sa faveur. Mais la lettre n'arriva pas à destination, et Hegel attendit vainement l'accord d'Ibsen, pour finalement passer outre et sortir le livre en mars. Dans l'intervalle, évidemment, Ibsen était tenaillé par l'inquiétude. « J'ai l'impression de me trouver dans un vide immense où je suis séparé à la fois de Dieu et des hommes », écrit-il à Björnson, mais il poursuit sur une note d'espoir : « Ce doit être un état transitoire, je veux et je dois remporter une victoire un jour[3]. »

La victoire était cependant proche. Le 16 mars, le livre parut, avec le tirage initialement prévu, puisque Hegel n'a jamais su qu'Ibsen avait approuvé sa décision de le réduire de moitié. Bien lui en prit : deux mois plus tard, il fallait déjà réimprimer. Il y eut quatre éditions avant la fin de l'année : du jamais vu dans l'histoire des lettres norvégiennes ! L'impact fut également fort au Danemark, en Suède et en Norvège. On aurait pu parler de phénomène de société, parce que le livre était sur toutes les lèvres, les gens se l'offraient comme un don sacré, les amitiés et les amours se nouaient sur la base d'une commune admiration pour *Brand*. Strindberg, qui n'avait que dix-sept ans quand le livre parut, dit qu'il y avait entendu « la voix de Savonarole ».

Comme un bonheur ne vient jamais seul, Ibsen obtint durant cette même période une bourse de l'Académie des sciences. Sentant que les circonstances étaient favorables, et comme il ne voyait pas d'autre moyen d'obtenir une allocation, vu que la session du *Storting* statuant sur ces questions ne se réunirait pas avant trois ans, il adressa, le 15 avril 1866, une « humble supplique » au roi, dont les termes étaient pour le moins solennels :

> Ce n'est pas pour obtenir un revenu me libérant de tout souci que je me bats ici, mais pour pouvoir remplir la mission dont je crois fermement qu'elle m'a été confiée par Dieu — une mission qui est, à mon avis, la plus importante, la plus indispensable pour la Norvège : éveiller mon peuple et lui inspirer des pensées élevées[4].

Björnson, une fois encore, appuya la démarche, bien qu'il n'eût pas apprécié particulièrement *Brand*, et réunit quelque vingt-huit signatures de parlementaires. Les auspices étaient décidément favorables à Ibsen : le ministre des Cultes, Riddervold, qui aurait pu faire capoter la démarche, tomba malade et fut remplacé par Frederik Stang, admirateur déclaré d'Ibsen, qui ne se fit pas prier par les « Hollandais », qui allaient appuyer la proposition auprès de lui. En quelques semaines, la situation de fortune d'Ibsen avait changé du tout au tout. Non seulement l'allocation qui lui serait désormais versée tous les ans le mettait à l'abri du besoin jusqu'à la fin de ses jours, mais il disposait de suffisamment de fonds pour faire savoir à Hegel qu'il n'avait plus besoin de l'avance qu'il s'apprêtait à lui verser pour la deuxième édition du livre.

Ibsen, à présent, exultait. Lui qui avait remporté la palme du Norvégien le plus mal habillé décernée par la colonie norvégienne de Rome se mit en frais pour s'équiper de pied en cap. L'austère *Brand* lui avait permis d'acquérir deux pantalons, deux vestons, une redingote, deux gilets, une paire de bottes, huit chemises, huit paires de bas, un manteau, un chapeau, trois cravates, une montre et un lorgnon.

Peer, la lie de mon cœur

L'un des beaux sujets d'étonnement de la littérature mondiale réside en cet étrange phénomène : ce fleuron illustre de la littérature nordique, ce mythe septentrional par excellence qu'est *Peer Gynt* a été conçu sous le ciel italien. Il y a d'autres genèses paradoxales de ce type dans le parcours d'Ibsen, comme la composition des très sombres *Revenants* au soleil de Sorrente. Mais le cas de *Peer Gynt* frappe bien davantage les esprits car ce texte lyrique qui, comme *Brand* d'ailleurs, n'avait pas été conçu pour la scène au départ, est réellement un concentré de l'imaginaire norvégien, glané pour une grande part sur le terrain et dans les traditions populaires. Manifestement, Ibsen avait eu besoin de cet éloignement de sa terre natale pour mieux la réinvestir, la saisir par la mémoire et la fantaisie et, surtout, la considérer d'un œil critique. Car *Peer Gynt*, dans sa version originale du moins, est bien plus qu'on ne l'a prétendu un réquisitoire contre les origines que leur célébration.

En cette année 1866, Ibsen n'est plus le même homme. L'accueil critique fait à *Brand* l'a transformé. Le traumatisme causé par l'échec que fut sa direction du Théâtre norvégien de Christiania s'estompe. Il a enfin obtenu cette allocation qui lui avait été refusée à maintes reprises. Des dettes restent impayées certes, mais la sécurité matérielle qui lui a tant manqué, et le sentiment d'être enfin reconnu comme artiste à la veille de ses quarante ans le conduisent à quelques mutations importantes.

Un signe qui ne trompe pas les observateurs attentifs : il change son écriture. Ses correspondants remarquent qu'il adopte désormais une calligraphie soignée, régulière, esthétique, qu'il n'abandonnera plus. Sa signature n'est plus la même : elle est désormais inclinée vers la droite, bien galbée, et manifeste, aux yeux des graphologues, une confiance en l'avenir.

Sa silhouette se modifie. Il n'avait jamais eu les moyens de s'habiller convenablement. À Bergen, il avait dû faire des prodiges pour se présenter convenablement vêtu à la réception où il avait rencontré Suzannah. Plus tard, à Christiania, ses difficultés matérielles étaient telles qu'il devait affronter les rigueurs de l'hiver en se couvrant d'un plaid percé d'un trou par où il passait la tête. Les revenus de *Brand* avaient changé tout cela. Ils lui avaient permis de se procurer la première des redingotes dont il ne cesserait pas de se vêtir désormais. Il a le souci de compenser sa petite taille par des artifices divers : la coupe de son vêtement l'allonge, les semelles contribuent à le grandir, et le haut-de-forme achève le travail. La figure que les caricaturistes populariseront est née.

Ibsen, qui s'intéresse à la photographie, qui fera d'ailleurs d'un des personnages du *Canard sauvage* un photographe, se dessine aussi, vers la même période, un masque. Il taille sa barbe qu'il avait jusque-là laissé pousser de façon anarchique, et surtout l'assortit de ces abondants favoris qui encadrent son visage et mettent en évidence son menton volontaire. Il sait qu'en raison de l'exil on ne le verra plus arpenter les rues de Christiania ou de Copenhague, et que son image le remplacera. Il veille donc à ce qu'elle soit nette et prégnante. Le moins qu'on puisse dire, c'est qu'il y est parvenu.

L'été 1866, les Ibsen quittèrent Rome en raison de la chaleur et trouvèrent à Frascati, dans les monts Albains, non loin de l'ancienne villa de Cicéron, une résidence de rêve, le palais Gratiosi, dont les chambres n'étaient pas chères. Il fait part de son ravissement à son ami Botten-Hansen :

> C'est un plaisir indescriptible que d'être assis ici le soir à deux mille pieds au-dessus du niveau de la mer et de jouir de la vue sur la Méditerranée, la Campanie et Rome. Des fenêtres de mon bureau, je vois dans le lointain le mont Socrate, solitaire et majestueux, qui domine la vaste plaine ; bref, où que tes regards se tournent, tu as l'impression d'avoir sous les yeux le champ de bataille où l'histoire du monde a livré son combat décisif[1].

On sent, à travers ces lignes, la joie de l'accomplissement d'un rêve de jeunesse : le voilà au pays de Catilina, à qui il a consacré sa première pièce. On voit pointer également un thème qui va le hanter de plus en plus : celui de Julien l'Apostat, l'empereur qui voulut abjurer le christianisme. Mais ce sujet, qui le mobilisera durant des années, devra mûrir encore quelque temps.

À la fin de ce même été, il apprit, dans une lettre que Björnson a certainement hésité longtemps à lui envoyer, que deux ans plus tôt les huissiers avaient mis tous ses biens restés à Christiania en vente publique. Des papiers importants, des manuscrits divers s'étaient trouvés dispersés. Il en fut profondément meurtri. Il écrivit à Björnson : « Tu avoueras qu'en apprenant cette nouvelle, je ne pouvais qu'être gagné par une indicible amertume. » Une chose semble sûre : cette ultime atteinte a pesé sur sa rupture avec la Norvège, et donc sur sa décision d'écrire cette saga dérisoire que sera *Peer Gynt*.

Car si l'on peut postuler les interprétations les plus divergentes à propos de ce texte, il en est une qui s'impose d'évidence. *Peer Gynt* est une façon radicale de prendre ses distances à l'égard de son héritage culturel national. Dans ses pièces de jeunesse, il s'était déjà passablement éloigné de la tradition. *Dame Inger d'Östraat* ou *Les Prétendants* avaient marqué la distance, en approfondissant la psychologie des personnages, en individualisant les conflits. Mais la dérision ne jouait pas à plein, la distance critique demeurait discrète. C'est qu'il écrivait dans un cadre, respectait le cahier des charges des théâtres de Bergen et de Christiania auxquels il avait fourni ces textes. À présent, il est libre, dégagé de soucis matériels, il a mis quelques milliers de kilomètres entre lui et sa patrie contre laquelle il a accumulé bien des griefs, et il est stimulé par le climat méditerranéen. Il est mûr pour écrire son œuvre la plus célèbre, au point même que Peer Gynt va devenir un mythe indépendant de son créateur, comme Don Quichotte[2] ou Till Eulenspiegel. À l'instar de ces deux figures, mais de manière plus paradoxale s'il est possible, il va même incarner le héros symbolique de son pays !

Peer Gynt est une œuvre faussement naïve. Elle a sa dimension farcesque et satirique, Régis Boyer a raison d'y voir une « féerie, sotie, fatrasie[3] », bien sûr, mais elle n'est pas moins profonde que *Brand*, bien que située dans un registre absolument opposé. Elle est aussi à ranger d'ailleurs parmi les œuvres contenant un autoportrait de l'auteur, et contrebalance l'idéalisme qui prévaut dans le personnage de Brand à travers les traits ridicules de Peer, dont Ibsen ne s'absout pas : les colères, les foucades, la vanité désarmante de sa créature sont un peu les siennes. On pourrait même dire que Peer incarne toutes les tendances qu'Ibsen devait combattre en lui pour réaliser son idéal du moi. Au procès posthume d'Adam Homo, le héros de l'épopée éponyme du dramaturge danois Paludan-Müller, l'avocat du diable dit du personnage : « S'il était bien doué, ce n'est pas la question ; ce qu'il faut, c'est la vraie personnalité morale. » Il semble qu'Ibsen, très marqué par ce texte, ait pris l'injonction pour lui-même. Les dons ne lui manquaient pas, il en était sûr à présent, mais il lui fallait poursuivre l'édification de sa personnalité morale, ce que son œuvre majeure suivante, *Empereur et Galiléen*, lui permettrait de faire.

Peer Gynt révèle au premier regard, comme l'a soulevé Edvard Beyer[4], sa richesse poétique, la réflexion sur l'identité qui le parcourt de bout en bout, ses multiples niveaux de signification, sa structure extrêmement complexe et subtile, son humour extraordinairement créatif, et le caractère universel de sa charge satirique. Il y a tant de chefs-d'œuvre signés Ibsen qu'il est parfois tentant de relativiser son titre le plus fameux : c'est en l'occurrence une grave erreur.

Mais qui est Peer Gynt ? Ibsen en avait trouvé mention dans les *Contes de Norvège*, le recueil de récits populaires que les historiens et philologues Asbjörnsen et Moe avaient rassemblés sur le modèle des frères Grimm. Il y est question d'un personnage de ce nom à la réputation de fabulateur et de mythomane, qui s'attribuait systématiquement toutes les aventures que lui racontaient ceux qu'il croisait sur son chemin. Dans la légende populaire, il rencontrait déjà un Grand Courbe, figure invisible qu'il devait à chaque fois contourner. Cette idée avait intéressé Ibsen : il y voyait un des traits qui lui déplaisaient le plus dans le comportement de ses compatriotes. Gynt n'attaque pas les difficultés de front, il les esquive, et cette lâcheté a suffisamment révulsé l'auteur au fil des années pour qu'il la stigmatise dans son personnage. Sans toutefois s'exclure du procès. Il a confié quelquefois qu'il avait mis dans Peer la « lie de [mon] propre cœur », tout ce qui, en lui, allait à l'encontre de la fidélité à soi. Le débat qui sous-tend la pièce oppose « l'être soi » à « l'être à soi suffisant ».

Ibsen avait cru que l'œuvre allait couler de source, tant il se sentait stimulé par le paysage italien, qui lui semblait si propice à l'écriture de cette fable exubérante située dans le Grand Nord. Il s'était mis à l'ouvrage vers la Noël de 1866, et annonçait à son éditeur, au mois de mai suivant, qu'il serait prêt en juillet. En fait, il ne livra les trois premiers actes qu'en août, lui envoya le quatrième à la mi-septembre et le cinquième un mois plus tard.

L'essentiel de l'élaboration eut lieu à Ischia, où il avait trouvé la solitude et la tranquillité nécessaires. Lorsque l'on considère l'œuvre achevée, aujourd'hui qu'elle a conquis le monde, on ne peut néanmoins qu'être stupéfait par la rapidité de surgissement de ce poème dramatique hors norme, d'une totale liberté de composition. Ibsen avait déjà exploité le fonds folklorique quelque dix ans auparavant, lorsque pour le théâtre de Bergen il avait composé *La Fête à Solhaug*, son premier succès, et le moins brillant *Olaf Liljekrans*. Mais ici, il se libère des contraintes de la scène, dont les limites l'ont par trop emprisonné, et conçoit, comme il l'a fait pour *Brand*, son œuvre comme une pièce à lire. Cette émancipation le stimule : *Peer Gynt* est sa pièce la plus débridée. L'espace est d'une totale plasticité, le temps aussi, le récit fluctue sans cesse entre le vraisemblable et l'invraisemblable.

Les trois premiers actes de la pièce sont les plus proches de l'inspiration populaire : on y voit Peer Gynt, privé de père, confronté à sa mère Ase, et à diverses femmes, dont la principale est bien sûr Solveig, à l'amour de laquelle il ne veut pas céder.

Il est mis en procès par le tribunal des trolls et, face à cette société caricaturale et monstrueuse, s'en tire bien entendu par ses incessantes pirouettes. Ibsen peut se permettre, par personnage interposé, quelques saillies. La non-intervention des Norvégiens lors de l'invasion du Schlesvig fait l'objet d'allusions vengeresses, dans le registre de ce qu'il avait écrit à Björnson à l'époque : « Les Norvégiens de notre temps n'ont, de toute évidence, pas plus de points communs avec leur passé que les pirates grecs avec la race qui embarqua pour Troie et fut aidée par les dieux. »

Dans ces trois actes, on sent bien que le temps où l'auteur prenait la mythologie et l'histoire norvégiennes au sérieux, où il composait *Les Guerriers du Helgeland* et *Les Prétendants à la couronne*, est bien révolu. Le libre cours laissé à la colère s'accompagne d'une même spontanéité dans l'expression du fantasme. Le personnage de Solveig, l'éternelle fiancée, en est l'incarnation, comme l'a bien vu Joan Templeton : « Pour Peer, les femmes sont soit "la sainte et pure" Solveig ou la Femme en Vert, la "sorcière" sexuelle, la bonne princesse ou la mauvaise, la vierge ou la tentatrice, ou Marie ou Ève. » Et elle voit dans cette dichotomie simpliste, de la part de Peer, « le refus de devenir un homme adulte. Il est plus simple d'avoir une idée de Solveig, de "l'idéaliser", que de se confronter à l'humanité pleine de cette intrépide jeune fille[5] ».

Peer Gynt, vaste fantaisie antiromantique, dont Pierre Georget La Chesnais a pu dire qu'elle est « comme un feu de joie où Ibsen a brûlé tout son attirail romantique », a un deuxième volet, qui se déroule en Afrique. Peer y a prospéré dans la traite des esclaves, mais le bateau sur lequel il a chargé sa fortune accumulée lui est volé, et il en est quitte pour reprendre son errance. Critique de la massive émigration scandinave de l'époque, où il voyait ses compatriotes se laisser gagner par la fièvre de l'or, cette partie frappe par son aisance à élever les mœurs cosmopolites de son temps au niveau de la légende. Quant au cinquième acte, où Peer est mis en demeure par le fondeur de boutons de se mettre en ordre avec sa conscience, elle a l'ampleur et la gravité d'une moralité médiévale, et fait penser en particulier à l'*Elkerlijk* flamand, qui deviendra bien plus tard le *Jedermann* adapté par Hugo von Hofmannsthal.

Sur les circonstances dans lesquelles Ibsen écrivit *Peer Gynt*, quelques témoignages existent. Il avait commencé d'y rêver à Frascati, avait poursuivi le travail à Rome, puis l'avait achevé à Ischia. Un jeune romancier norvégien, Vilhelm Bergsoe, familier de l'Italie, qui venait de publier un roman inspiré par son séjour dans la Péninsule, le fréquenta beaucoup à Rome durant cette période. Il avait été frappé par la régularité au travail d'Ibsen, qui respectait des horaires de bureaucrate. Sa femme Suzannah, son fils Sigurd ne pouvaient s'approcher de son bureau lorsqu'il y était occupé. Et quand il se promenait avec son jeune confrère dans la ville, ce dernier renonçait à lui adresser la parole : il savait qu'Ibsen ne répondrait pas à son compagnon, tant il était concentré.

Il avait surpris quelquefois chez Ibsen un soupir de nostalgie, qui trahissait peut-être à ses yeux une bouffée de mal du pays. Comme il lui demandait pourquoi il ne retournait pas en Norvège si sa terre natale lui manquait tant, il l'entendit lui répondre : « Rentrer en Norvège ? Crois-tu que je veuille me faire piétiner par des oies ? Je ne retournerai pas dans mon pays avant que mon pays ne m'appelle[6]. »

À ce même Vilhelm Bergsoe, Ibsen fit un autre aveu de poids. Comme il venait de lui confier qu'il n'écrivait pas pour son temps mais pour l'éternité et que Bergsoe lui faisait remarquer qu'en littérature l'éternité ne dépasse jamais plus de quelques milliers d'années, Ibsen s'exclama : « Laisse-moi tranquille avec ta métaphysique. Si tu me voles l'éternité, tu me voles tout[7]. »

Avec *Peer Gynt*, il était effectivement en train d'écrire un texte susceptible de défier le temps, ne fût-ce que parce que son personnage prendrait bien vite son autonomie. Mais rien de tout cela ne se produisit d'abord. Car *Peer Gynt*, en quoi Ibsen avait mis beaucoup d'espoir, croyant qu'après l'accueil positif qu'il avait rencontré avec *Brand* il se gagnerait, du fait des nombreuses séductions de l'œuvre, un beaucoup plus large public, fut loin de faire d'emblée l'unanimité.

Le manuscrit fut expédié à la mi-octobre 1867, avec toutes les précautions d'usage, à Gyldendal à Copenhague. Vers le même moment, Ibsen envoie une lettre à sa belle-mère, Magdalene Thoresen. La missive respire la bonne humeur, inspirée sans doute par la joie d'avoir mis un terme à un ouvrage dont il mesure l'importance. Il s'y réjouit aussi d'apprendre que Sarah, la demi-sœur de sa femme Suzannah, qui vient de se marier, va habiter Copenhague, donc quitter la Norvège. Voilà une bonne décision, se réjouit-il, parce que « la vie en Norvège, telle que je la vois en ce moment, a quelque chose d'indiciblement médiocre, elle mine l'être en assommant la volonté ». L'accueil de *Peer Gynt* ne confirma pas cette distinction faite entre la Norvège et le Danemark, à l'avantage de celui-ci....

Le 14 novembre, le livre était en librairie, une date clé de l'histoire littéraire norvégienne, puisqu'elle était déjà celle de l'anniversaire de la mort d'Oehlenschläger, qui avait tant marqué Ibsen dans ses débuts. Dès la sortie, les amis de longue date, Botten-Hansen et Jonas Lie en tête, furent enthousiastes. Et Björnson multiplia les messages de félicitations. D'abord un billet bref — quatre lignes — où il disait déjà qu'il était emballé. Puis un compte-rendu très élogieux dans le *Norsk Folkeblad* qu'il dirigeait à Christiania. Enfin une lettre où il clamait son admiration pour son ami : « Très cher Ibsen, je te suis si reconnaissant pour *Peer Gynt*, que je ne me rappelle un seul livre qui, depuis que j'écris, ait provoqué en moi un tel besoin de donner une chaleureuse poignée de main pour ce que j'ai chaleureusement reçu... »

Tout portait à croire que les relations des deux confrères et néanmoins amis étaient au beau fixe. Curieusement, c'est alors que les sépara la plus violente des querelles. Peu de jours après la lecture de la lettre de Björnson, Ibsen eut sous les yeux la critique de Clemens Petersen, qui tenait le feuilleton dans le quotidien danois *Faedrelandet*, qui faisait aussi l'opinion en Norvège. Björnson était très proche de Petersen, dont Ibsen briguait les faveurs, au point de lui avoir écrit une lettre flatteuse pour se les rallier. Il s'attendait désormais à une critique favorable de sa part. Il tomba de haut : Petersen concédait que *Peer Gynt* lui paraissait supérieur à *Brand* mais pour le reste n'épargnait pas l'ouvrage : celui-ci manquait à ses yeux de poésie et d'idéal, d'« enchaînement logique rigoureux et clair dans la construction » et de « parfaite sincérité dans l'exécution ».

Ibsen attribua le tort que lui causait cet article à Björnson qui, selon lui, ne l'avait pas suffisamment défendu auprès de Petersen.

« Si j'avais un ami aussi intime que l'est pour toi Petersen, je l'aurais rossé d'importance, plutôt que de lui laisser commettre un pareil crime tendancieux contre la vérité et le droit[8] », lui écrivit-il dans une lettre échevelée qui, dans son impulsivité, permet de voir l'avis que portait Ibsen sur sa propre œuvre :

> Mon livre est poésie, et s'il ne l'est pas encore, il le deviendra. La notion de poésie dans notre pays, la Norvège, se pliera à mon livre[9].

Sur ce plan, lorsque l'on prend la mesure de la place centrale qu'occupe *Peer Gynt* dans le patrimoine littéraire norvégien, on ne peut que lui donner raison.

La lettre contient aussi une menace, que l'on peut lire comme une anticipation de ce que l'œuvre d'Ibsen allait devenir.

> Je sens mes forces croître avec ma colère. Si quelqu'un veut la guerre, il l'aura ! Si je ne suis pas poète, je n'ai rien à perdre. Je vais m'essayer au métier de photographe. Mais je m'emparerai de mes contemporains individuellement, je n'épargnerai ni les pensées ni l'état d'esprit derrière les paroles de quiconque mérite que je lui fasse l'honneur de le prendre à partie[10].

Les deux amis, sans se réconcilier complètement, puisque leur correspondance s'espaça durant des années, sortirent pourtant de cette polémique. En revanche, il y a, dans la menace de s'essayer, comme il le dit, à la photographie, une manière de manifeste de ce qu'allait devenir, dans les années 1870, son théâtre : un regard objectif sur la société de son temps, à travers l'analyse en profondeur d'individualités prises en gros plan. Il mettrait d'ailleurs ce projet à exécution sans tarder lorsque, installé à Dresde fin octobre 1868 parce que son fils Sigurd y trouverait une bonne école, il mit en chantier sa pièce *L'Union des jeunes* qui préfigure le style de théâtre qui lui vaudrait ses plus universels succès.

Au fil des années, *Peer Gynt* rencontra une telle faveur en librairie qu'en 1873 commença à germer chez Ibsen l'idée de porter le texte à la scène. Il eut bien vite l'intuition de l'importance de la musique de scène et qu'il fallait dès lors s'adresser au meilleur compositeur de la nouvelle génération, Edvard Grieg. Il prit contact avec son cadet de vingt ans, et lui expliqua dans le détail comment il voyait l'appoint de sa musique dans le spectacle. Il lui proposa même des conditions alléchantes, et très généreuses de sa part : la moitié des droits de représentation. Grieg n'était pas un admirateur inconditionnel de l'œuvre, mais il avait besoin d'argent : il donna son accord, dont Ibsen avisa aussitôt Ludvig Josephson, le directeur suédois du théâtre de Christiania. Le but était que le spectacle ouvre la saison à l'automne 1874, qui correspondrait avec la première visite que rendrait Ibsen à son pays après dix ans d'exil. Mais Grieg peina tant à la tâche qu'il qualifiait volontiers à ses amis de « cauchemar », qu'il ne mit un terme à sa composition que fin juillet 1875, ce qui reporta la création à février 1876. Ce fut un immense succès, fondé sur un malentendu. Grieg, au tempérament opposé à celui d'Ibsen, édulcora l'œuvre tant et plus, mais la rendit encore plus populaire et lui permit d'atteindre la notoriété internationale. Lui-même y trouva son propre tremplin vers la gloire. Le cauchemar avait porté ses fruits.

Fastes sur le Nil

L'aventureux Peer, portant Ibsen sur ses épaules d'infatigable héros, l'avait aidé à franchir la grande crevasse qui le séparait de la reconnaissance au pays. À partir de la parution de *Peer Gynt*, qui vient confirmer l'excellent accueil fait à *Brand*, Ibsen occupe une place éminente dans cette Norvège avec laquelle il ne s'est jamais vraiment réconcilié. Les controverses dans les milieux culturels ne s'apaisent pas, mais le public s'arrache l'ouvrage paru chez Gyldendal, les milieux officiels sentent qu'ils ont affaire à une personnalité de premier plan et les observateurs étrangers ne sont pas indifférents à la manifestation d'un talent d'une telle envergure. Au lendemain de ce qu'il faut bien appeler une éruption créative, qui s'est d'ailleurs produite au pied de l'Etna, Ibsen va une fois de plus surprendre. S'il est une règle à laquelle il s'est indéfectiblement tenu au long de son itinéraire, c'est celle de ne jamais se répéter…

L'Union des jeunes, qui lui vient sous la plume dès son arrivée à Dresde, est souvent tenue pour secondaire. On y voit une sorte d'interlude. La pièce en a l'apparence, surtout si on la compare aux deux œuvres visionnaires qui la précèdent, *Brand* et *Peer Gynt*, et au gigantesque diptyque qui va suivre, la tragédie sur Julien l'Apostat. À y regarder de plus près, on s'aperçoit qu'elle anticipe de multiples façons la grande période des drames modernes, qui va véritablement commencer une dizaine d'années plus tard, avec *Maison de poupée*. On y voit même une jeune femme, Selma, se révolter contre son entourage masculin parce qu'elle se sent instrumentalisée comme une poupée. Ce passage de la pièce n'avait pas échappé d'ailleurs à Georg Brandes, qui raconte dans ses Mémoires : « Dans une critique que je publiai en 1869, je fis observer que, dans le cadre de la pièce, Selma n'avait pas assez de place pour se mouvoir et que ses relations avec sa famille devaient fournir la matière à tout un drame à part. Dix années plus tard, Ibsen écrivit ce drame[1]. »

En fait, *L'Union des jeunes* est un virage important pour diverses raisons. La pièce a peut-être été suscitée par la querelle avec Björnson lors de la parution de *Peer Gynt*. Il y photographie véritablement ses contemporains, comme il les en avait menacés dans sa lettre. De la part de quelqu'un qui vient de composer deux grandioses poèmes dramatiques, la mutation est conséquente. On a dit que parmi les modèles du personnage central, l'avocat Stensgrad, on pouvait reconnaître Björnson lui-même. Il était de fait un beau parleur, et jouait un rôle important dans la politique norvégienne. Mais Ibsen avait d'autres souvenirs de politiciens, qu'il avait observés durant son enfance et sa jeunesse à Skien ou à Grimstad, et on a pu constater qu'il s'en était servi. Le rapport avec Björnson est ailleurs : en passant au réalisme, Ibsen aborde le registre de son confrère et, dans le même mouvement, il le surpasse.

Car pour une première tentative de montrer des personnages de son temps et de leur faire parler la langue de tous les jours, *L'Union des jeunes* est un coup de maître. Chacun est portraituré avec une précision saisissante. Du vieux Bratsberg, l'industriel qui tente de sauver son entreprise, et dont l'élégance verbale n'est qu'une façade, à Daniel Hejre, dont l'auteur n'épargne aucun tic de langage, de la savoureuse Madame Rundholmen au rustique Lundestad, chacun se trahit par sa façon de s'exprimer. La qualité de la restitution est si aboutie qu'elle reste efficace aujourd'hui, de même que l'analyse des rapports de force entre propriétaires, spéculateurs, tribuns et journalistes n'a rien perdu de sa pertinence. Entretenant son éditeur de l'avancement du projet, Ibsen lui dit qu'il travaillait « à une œuvre en prose et conçue exclusivement pour la scène ». Après *Brand* et *Peer Gynt*, qui étaient des pièces à lire au départ, même si elles préfiguraient le théâtre futur, et avant *Empereur et Galiléen* qui, en raison de son ampleur, n'a jamais pu être véritablement représentée, *L'Union des jeunes* apparaît comme la mise au point d'un dispositif théâtral dont il pressentait qu'il se servirait par la suite, sans peut-être savoir qu'il lui permettrait d'écrire ses plus grandes œuvres.

Première approche de la politique, si l'on ne tient pas compte des drames historiques qui l'affublaient des oripeaux des temps révolus, *L'Union des jeunes* annonce des dénonciations plus radicales encore, comme *Les Piliers de la société* (1877) ou *Un ennemi du peuple* (1882). Il s'agit d'une première salve, mais qui eut tout de suite un grand impact. Dès sa parution, la pièce intéressa les grands théâtres de Scandinavie : elle fut créée presque simultanément à Christiania, à Copenhague et à Stockholm en soulevant partout, du fait de sa dénonciation des manœuvres politiques, des polémiques en tous sens. Comme Ibsen ne ménageait aucune mouvance, pas même les contestataires, on le rangea idéologiquement parmi les partisans de la droite.

En fait, sa position était beaucoup plus complexe. Il avait horreur des discours creux en politique, et il les repérait partout. Il s'en expliqua dans un poème qu'il composa justement à ce moment de son évolution, qui était une adresse « à mon ami l'orateur révolutionnaire[2] » :

> Fréquemment désigné comme un « conservateur »,
> Je suis ce que j'ai été, sans être votre apôtre.
> Je n'irai pas changer la place des pions sur l'heure
> Retournez donc le jeu, et je serai des vôtres.
> Envoyez le déluge sur votre monde en marche.
> Et je place volontiers une torpille sous l'Arche[3].

Avant même que sa pièce fût représentée, Ibsen connut des mois plutôt agités. Comme il était déjà, à cette époque, du fait des tirages qu'avaient atteints *Brand* et *Peer Gynt*, l'écrivain norvégien le plus lu dans le nord de l'Europe, davantage même que Björnson, il fut délégué — en tant que suppléant, et à la dernière minute — à une vaste conférence organisée à Stockholm sur l'orthographe des langues scandinaves, en vue de leur harmonisation. Peut-être avait-on fait appel à lui parce que dans *Peer Gynt* il avait vivement fustigé les partisans de la *landmark*, le retour à la langue populaire norvégienne, parler qu'il maîtrisait fort bien, mais qui lui paraissait un obstacle au rayonnement de sa littérature. Ibsen accepta l'invitation avec empressement, même si les problèmes qui devaient être traités n'étaient pas sa préoccupation majeure. C'est qu'il a de très bons amis en Suède, comme Lorentz Dietrichson, lui-même introduit dans la haute société, qu'il s'y est déjà gagné un grand public, et que, détail non négligeable, il ne s'y est pas encore fait d'ennemis.

Il demanda et obtint une bourse pour un voyage d'études, qui lui permettrait de prolonger son séjour au-delà de la conférence, et quitta Dresde vers le 20 juillet dans les meilleures dispositions. La Suède lui fit fête durant les deux mois de sa visite. Son ami Dietrichson le présenta aux cercles les plus cultivés, où il s'aperçut que sa réputation l'avait précédé. Il se révéla très courtois, affable, et des plus empressés auprès des dames. Dietrichson évoque dans ses Mémoires cet Ibsen devenu homme du monde : « On s'attendait à voir en l'auteur de *Brand* un vieil ascète austère et sérieux, et on découvrit un homme encore jeune, élégant dans sa veste de velours, distingué, aimable et plein de vie[4]. » Ibsen conquit tout le monde. Un soir qu'il était au Damatiska Teatern, le roi Charles XV l'invita dans sa loge. Le roi fut tellement enchanté de sa conversation qu'il réinvita l'auteur au palais royal. C'est là qu'il lui remit l'« ordre de Gustave Wasa », ce qui combla d'aise le bénéficiaire : il entamait ainsi une collection de décorations qu'il ne cesserait d'enrichir. Le roi, qui connaissait son œuvre et savait que le quatrième acte de *Peer Gynt* se passait en Égypte, le désigna comme représentant de son pays à l'inauguration du canal de Suez, qui eut lieu quelques semaines plus tard.

Lorsqu'il quitta Stockholm, le 29 septembre, il savait donc déjà que *L'Union des jeunes* serait représenté sur les plus grandes scènes scandinaves, mais qu'il n'assisterait pas à ces premières, puisqu'il serait, aux dates des représentations, au pied des pyramides ou en croisière sur le Nil.

Sur le *Moeris*, qui appareilla à Marseille en direction d'Alexandrie, étaient groupés les invités scandinaves, français, allemands, hollandais et espagnols. Ibsen fit ainsi la traversée en compagnie de Théophile Gautier, qui eut le malheur de manquer une marche en se rendant au restaurant le premier jour, se démit l'épaule et fit le reste du voyage avec un bras en écharpe. Ne connaissant pas leurs langues respectives, ils n'eurent pas l'occasion de converser. Ibsen d'ailleurs ne fréquenta que les Scandinaves au cours du voyage, et surtout Peter Hansen, qu'il retrouva trente ans plus tard à la tête du Théâtre royal de Copenhague. Ils croisèrent au large de la Sardaigne, purent admirer le Stromboli, tentèrent d'identifier l'endroit sur l'île de Caprera, où Garibaldi s'était retiré... lorsqu'ils n'étaient pas à table, car chaque jour était jalonné de quatre plantureux repas.

À Alexandrie, où ils passèrent deux jours, ils furent accueillis par Ferdinand de Lesseps lui-même, puis ils séjournèrent au Caire, avant d'entreprendre une croisière de trois semaines sur le Nil. De récentes inondations les empêchèrent de visiter Gizeh, Memphis et Sakkarah. À Thèbes, ils furent autorisés à débarquer, et Ibsen put voir la statue de Memnon qu'il avait évoquée dans *Peer Gynt*. L'impératrice Eugénie les rejoignit là, à bord d'un vaisseau rose, apparition qu'il décrivit dans son journal de voyage : « Elle est là, habillée de blanc, belle comme Cléopâtre, tandis que le soleil couchant darde son or sur les bannières, les tapis et les tentes drapées de soie du bateau[5]. »

Le 6 novembre, ils repartirent vers Le Caire. Cette fois, Louxor, Gizeh et Sakkarah étaient accessibles. Il leur restait à assister au but de leur voyage : l'inauguration du canal, qui eut lieu à Port-Saïd le 17 novembre 1869, précédée d'une double cérémonie catholique et musulmane. C'est à Port-Saïd qu'Ibsen reçut une lettre de Suzannah l'informant que la première de *L'Union des jeunes* à Christiania avait déclenché une polémique. Les milieux progressistes, Björnson en tête, s'estimaient trahis et avaient décidé de saboter la deuxième représentation, au point que le directeur avait dû menacer de l'interrompre si les sifflets ne cessaient pas. « Mais votre pièce, le rassura Suzannah, n'a pas souffert. » Ibsen était à une distance suffisante des événements pour les prendre avec philosophie, d'autant que ces désordres contribuèrent à la publicité de la pièce : le texte dut être réédité et le théâtre refusait du monde. Pour toute riposte, il griffonna son poème « Port-Saïd[6] » :

Les vapeurs manœuvraient,
passant sous l'obélisque.
Dans ma langue me fut
chuchotée la nouvelle :
ma comédie, miroir
poli pour hommes-garces,
était souillée chez nous
de taches de sifflets.
La mouche avait piqué ;
souvenirs d'antan... pouah !
Merci à vous, étoiles...
chez nous, c'est le passé !

Ibsen écourta son voyage, alors qu'il était invité à rester un mois de plus au Caire, et s'en retourna à Dresde par le chemin des écoliers, puisqu'il s'attarda une quinzaine de jours à Paris, séjour dont on n'a guère conservé de traces. Il visita des musées, des galeries, se rendit sûrement au théâtre, mais ce ne sont que des suppositions. Il prit des notes sur le périple qu'il venait de faire en Égypte, dont celle-ci, qui témoigne de la finesse de son analyse politique, et des échos qu'elle peut encore avoir aujourd'hui :

On comprendra quelle tâche le gouvernement doit accomplir pour faire naître une civilisation nouvelle. En effet, l'essentiel n'est pas d'introduire des améliorations pour moderniser quelque chose qui existe déjà ; ce dont il s'agit, c'est de transformer radicalement toute la mentalité de l'individu pour ainsi dire, de détruire des préjugés vieux de plusieurs milliers d'années — et même jusqu'à un certain point de faire violence au caractère national lui-même. Seul un régime autocratique hardi peut mener cela à bien. Une représentation populaire parlementaire à l'européenne donnerait naturellement dans les tendres absurdités des « droits de l'homme », elle ferait pour ainsi dire comme le Nil, elle inonderait les sols à cultiver sous les eaux de ses discours, mais elle ne déposerait guère ses limons fertiles que sur le terrain des belles phrases[7].

Le voyage d'Égypte eut une conséquence majeure sur l'évolution de son travail : elle mit au premier rang de ses projets son drame sur Julien l'Apostat.

La grande œuvre à laquelle est attelé Ibsen au début des années 1870 est considérée par son biographe Hans Heiberg comme un « énorme corps étranger[8] ». Il s'agit de sa vaste fresque évoquant l'Apostat, *Empereur et Galiléen*. De tout ce qu'il a écrit, c'est ce qu'il a fait de plus inclassable. Il renoue avec l'Histoire, puisque l'action se situe au Ve siècle de l'ère chrétienne. En l'annonçant à son éditeur, durant l'été 1871, Ibsen dit qu'elle sera son chef-d'œuvre et que « les critiques y trouveront la philosophie positive de vie qu'ils attendent de moi depuis si longtemps ». Il est hanté par ce sujet depuis le choc que fut pour lui son premier contact avec Rome, en 1864. Puisqu'il n'en acheva l'écriture qu'à l'automne 1873, on peut dire que le thème l'a poursuivi durant près d'une décennie.

Pour la forme, la pièce est proche des *Prétendants à la couronne* : elle est écrite en prose, pratique d'innombrables sauts dans le temps et l'espace, et comprend une myriade de personnages. Elle est très longue et comporte deux parties (l'auteur avait même envisagé un temps qu'il y en aurait trois), « L'apostasie de César » et « L'empereur Julien », chacune composée de cinq actes. Quoique les enjeux de l'œuvre soient avant tout philosophiques, il a tenu à ce que sa forme soit la plus réaliste possible. En ce sens, il veut se démarquer de la tragédie classique, ce qui explique qu'il ait renoncé à la forme versifiée, où il excelle pourtant. Il refuse de faire parler à ses personnages la « langue des dieux ». « Tout ce que je sais, écrit-il au critique et philosophe de la culture danois Edvard Brandes, c'est qu'un fragment d'histoire a produit une forte impression sur moi, et que j'ai tenté de reproduire la puissante vision que j'en avais eue[9]. »

L'œuvre va bien au-delà de la représentation d'une période révolue, des débats intellectuels y sont évoqués qui rappellent des controverses essentielles, toujours vives, sur le sens de l'Histoire, sur le conflit entre la liberté et le déterminisme, tout en se centrant sur les déchirements internes d'une personnalité.

Car tout se trame autour de Julien et de son aventure spirituelle. Dans « L'apostasie de César », il est d'abord un chrétien sincère, quoique séduit par l'esprit qui devait régner parmi les philosophes réunis à l'académie d'Athènes. Aussi va-t-il s'imprégner là-bas de cette sagesse, pour découvrir qu'elle n'a plus cours. Désemparé, il va consulter le mystique Maximus à Éphèse : il y est initié à la doctrine des « trois royaumes ». Le premier est fondé sur la connaissance, le deuxième sur la croix, le troisième devrait l'être sur les deux à la fois. Dans un premier temps, il rejette le discours du Galiléen, parce qu'il présente la mort comme étant le sens de la vie, et qu'il transforme l'amour en péché. Dans « L'empereur Julien », Julien s'emploie, investi du pouvoir, à concrétiser son idéal. Il proclame la totale liberté de conscience et, quant à lui, adule les anciens dieux grecs. Mais il sent bientôt que ce message ne passe plus. L'un des points culminants de l'œuvre montre la collision de deux cortèges : l'un est une procession à la gloire d'Apollon, l'autre un défilé de prisonniers chrétiens marchant vers le martyre. Julien est frappé par la puissance de leur foi : le Christ, admet-il, est présent dans leur défi à toute puissance visible. Incarnant lui-même cette puissance, Julien mesure sa solitude face à la présence du fils du charpentier qui vit, lui, dans les cœurs humains touchés par la foi. Il meurt traversé par ce doute.

Ibsen a confié qu'il avait inclus dans ce texte une part de sa vie spirituelle personnelle, et qu'il avait traversé ce qu'il avait décrit sous des formes différentes. L'un de ses principaux exégètes, Edvard Beyer, a avancé qu'Ibsen avait écrit sa pièce dans un contexte très marqué par la guerre de 1870, la Commune de Paris et le *Kulturkampf* entre Bismarck et les catholiques allemands.

Edvard Beyer étaie son argument d'une lettre

qu'Ibsen a adressée à Edvard Brandes en décembre 1870, où il en appelait, au-delà des « révolutions spéciales, externes, politiques », à une « révolution de l'esprit humain ». Il semble sûr, en tout cas, qu'après *Empereur et Galiléen*, Ibsen ne se soit plus laissé inspirer par l'Histoire, et n'ait plus cherché à faire du théâtre le véhicule de grands débats abstraits. Comme si cette pièce, qu'il considérait lui-même comme un de ses chefs-d'œuvre, bien qu'elle n'ait pas eu un rayonnement comparable à d'autres, avait été un jalon sans retour dans son cheminement.

Le crocodile de Munich

Tous les témoins de la vie quotidienne d'Ibsen s'accordent sur un point : la régularité de ses heures de travail. Il la devait non seulement à sa propre énergie, mais aussi à l'insistance de Suzannah. Elle n'admettait pas qu'il ne se sente pas d'attaque. Elle le forçait, alors, à s'asseoir à sa table. Ibsen s'imprégna si bien de cette discipline qu'il la transmit à son fils Sigurd. « Quand tu n'es pas d'humeur à écrire, fais comme moi, assieds-toi tout simplement à ton bureau, l'inspiration vient d'elle-même. » Suzannah le remettait aussi sur pied quand une critique l'avait découragé. « Avec ton génie, lui disait-elle, que t'importe ce qu'écrit la racaille. » Suzannah a toujours été d'ailleurs la première auditrice de ses textes, rejointe par son fils lorsqu'il fut en âge d'avoir droit à cette primeur. Lorsque Sigurd épousa Bergliot, la fille de Björnstjerne Björnson, celle-ci ne fut pas admise dans ce cercle très étroit. Bergliot raconte, dans ses souvenirs, qu'elle s'effaça sans riposter : « Ils avaient leur vie à trois. »

L'été 1874, encouragé par l'immense succès de

librairie d'*Empereur et Galiléen*, il décida de se rendre à Christiania. À Dresde, il prépara avec un soin de stratège ce séjour qui dura plus de deux mois. Il ne voulut pas, d'abord, s'engager sur le plan politique. Pas d'hommage du côté libéral, et certainement pas du côté conservateur, où l'on s'était trop réjoui de ses critiques adressées à la gauche dans *L'Union des jeunes*. Pour bien marquer son indépendance, il convint avec le théâtre de Christiania d'une programmation alternée de *La Comédie de l'amour*, qui avait scandalisé le clan réactionnaire, et de *L'Union des jeunes*. Pour couronner le tout, il prononca un discours à l'Association des étudiants norvégiens qui l'avaient accueilli triomphalement. À eux qui étaient venus en procession le chercher à son hôtel, il dit qu'ils avaient la même mission que lui en tant qu'écrivain : clarifier pour eux-mêmes et pour les autres les questions temporelles et intemporelles qui se posent dans la société à laquelle ils appartiennent.

Il fut enchanté par ce séjour, comme il l'écrivit à son éditeur : « J'ai été reçu avec une extraordinaire bienveillance par tout le monde. Tous les nuages d'autrefois sont dissipés. » Il n'en prolongea pas moins son exil du pays pendant près de vingt ans encore, moins par rejet des origines désormais que par besoin de tranquillité et souci d'efficacité. Lorsque, au printemps 1875, il changea de port d'attache en Allemagne et préféra Munich à Dresde, il trouva dans la capitale bavaroise un milieu culturel beaucoup plus animé. Il se fit assez vite adopter par un groupe littéraire, le Crocodile, qui se réunissait chaque midi au café de l'hôtel Achatz, sur la Maximilianplatz. L'un de ses membres était Franz Grandauer, le directeur du Hoftheater où se tint, le 10 avril 1876, la première représentation d'une de ses pièces hors de Scandinavie. *Les Guerriers de Helgeland* lui valut d'être appelé cinq fois sur scène lors des ovations, et une lettre de félicitations du roi Louis II, l'ami de Wagner, qui était un passionné de théâtre.

Mais une autre émotion l'attendait en Allemagne : la troupe du duc de Meiningen, que l'on appelait les « Meiningers », avait programmé à Berlin ses *Prétendants à la couronne*. Cette troupe extraordinaire allait, quelques années plus tard, bouleverser la pratique théâtrale en Europe et dans le monde. En 1888, quand Antoine les verra se produire à Bruxelles, il puisera dans cette expérience les bases de son esthétique naturaliste. Stanislavski passera plus d'un an avec eux, pour s'imprégner de leur méthode : il devra sa vocation à une représentation qu'ils ont donnée à Saint-Pétersbourg. On peut dire avec Michael Meyer que l'« influence des "Meiningers" sur la mise en scène est presque aussi grande que celle d'Ibsen sur la technique de l'écriture dramatique[1] ». Leurs apports reposaient sur l'extrême réalisme des décors, auxquels les éclairages ajoutaient un concours décisif, sur l'approfondissement de la psychologie des personnages, sur les mouvements collectifs, où chaque intervenant était individualisé. Ibsen fut fasciné par la manière dont ils traitèrent sa pièce. Lui-même fascinait par trop le duc Georg II. Au point que lorsqu'ils séjournaient dans la même ville d'eaux, Ibsen s'efforçait de l'éviter : il le harcelait tant qu'il l'empêchait de travailler.

Les Ibsen passèrent l'été suivant à Gossenssas, une station du Tyrol autrichien (devenue italienne depuis) où ils séjournèrent souvent par la suite. Henrik était d'excellente humeur, et le succès de son théâtre en Allemagne y contribuait grandement, d'autant que les productions de Munich et de Berlin eurent un effet d'entraînement sur le reste de l'Allemagne. Cette agitation le freina dans l'écriture de sa nouvelle pièce, *Les Piliers de la société*, à propos de laquelle il s'interrogeait. Les œuvres auxquelles les Allemands faisaient fête, de grandes reconstitutions en costumes, n'allaient-elles pas rendre dérisoire la satire politique contemporaine à laquelle il travaillait ?

Il venait de terminer son texte lorsqu'on lui annonça une nouvelle qui le combla d'aise : il était nommé docteur *honoris causa* à l'occasion du quatre centième anniversaire de l'université d'Uppsala, la plus ancienne de Scandinavie. Il se rendit en Suède à cette occasion, tandis que Suzannah et Sigurd s'en retournaient en Norvège. Le roi Oscar II, avec lequel il entretenait les meilleurs rapports, tint, après la cérémonie académique, à offrir une réception dans son palais de Drotningholm. Et dans le légendaire théâtre du château, celui-là même où un siècle plus tard Ingmar Bergman tournerait sa *Flûte enchantée*, se donna une représentation de ses *Guerriers de Helgeland*...

Les Piliers de la société ne déclencha pas beaucoup de commentaires lors de sa publication. Les journaux norvégiens étaient embarrassés. Georg Brandes trouvait que la pièce manquait de grandeur. Il s'agit, en fait, d'une œuvre de transition décisive. Ibsen y traite d'un problème contemporain en abandonnant la forme de la comédie traditionnelle en vers qu'il avait adoptée dans *La Comédie de l'amour* et en creusant davantage les personnages que dans *L'Union des jeunes*. Pour accentuer le réalisme, il reconstitue un cadre qu'il connaît bien : son modèle, c'est Grimstad, la petite ville qu'il a pu si attentivement observer dans sa jeunesse. Il y situe une intrigue à plusieurs niveaux, qui annonce des thèmes qu'il approfondira plus tard : le consul Bernick est armateur et affairiste, comme le sera John Gabriel Borkman, Lona Hessel, dans sa révolte contre le pouvoir masculin, est une des ébauches de Nora et de Hedda. Ibsen a beaucoup travaillé à cette pièce : l'abondance des esquisses et des brouillons en fait foi. Manifestement, il a pratiqué là une mue importante, qui lui a demandé des années de mise au point. Il était stimulé aussi par *La Faillite*, la pièce de Björnson communément considérée comme la première œuvre pleinement réaliste du répertoire scandinave, qu'il a surpassée surtout par le soin qu'il a mis à caractériser ses personnages par le dialogue.

Comparée aux pièces suivantes, celle-ci paraît encore entachée de faiblesses. L'épilogue, où Bernick se lance dans un grand *mea culpa* public, est trop bavard et manque de vraisemblance, mais

Ibsen ne retombera plus jamais dans ces travers. Il voulait à tout prix aboutir à une fin positive pour rester dans le genre de la satire sociale. Et il n'a eu de cesse de veiller, par la suite, à ce que le spectateur, au moment où le rideau tombe, ait de quoi s'interroger.

En attendant, dès la fin de l'année 1877, la pièce triomphait aux théâtres royaux de Copenhague et de Stockholm ainsi qu'à Bergen. Ibsen s'opposa tout simplement à ce qu'elle soit représentée à Christiania. Le théâtre de la ville s'était permis de faire jouer le quatrième acte de *Brand* sans son autorisation, et avait limogé Ludvig Josephson, le directeur, qui avait toute sa confiance et préparait, de son côté, une version abrégée de *Brand* à laquelle il avait donné son consentement, ainsi qu'une production du premier volet de *Empereur et Galiléen*. Donner le privilège au théâtre de Bergen, où il avait lui-même tout appris, était une première manière de marquer le coup par rapport à Christiania. L'autre affront était d'autoriser une compagnie venue de Suède à la jouer en suédois au théâtre de la Mollergaden qui, en principe, n'hébergeait que des spectacles en norvégien. Oui, Ibsen avait la dent dure.

Une porte claque à travers le monde

Une fois encore, la grande déflagration se produisit à Rome. Il y écrivit la pièce à laquelle, plus qu'à toute autre, son nom est attaché à travers l'histoire et les cultures. Il y est question de la femme, ce continent largement et délibérément ignoré à son époque. Que sait-il de la femme, lui qui n'eut pas le courage d'assumer un premier amour, pas plus qu'il ne se voulut le père de son premier fils ? Il le répétera tant et plus : « La tâche de l'écrivain est essentiellement de voir et non de comprendre intellectuellement. » Cette position se vérifie avant tout dans les deux pièces où la femme occupe une place centrale : *Maison de poupée* et *Hedda Gabler*. Ce sont ses textes les plus commentés, parce qu'ils sont comme des pierres infracassables : on a beau les scruter à perte de vue, ils ne livrent jamais pleinement leur secret.

Si *Maison de poupée* fut élaboré pour une large part à Rome, c'est qu'Ibsen savait qu'il y trouverait « une ambiance connue » et donc sa tranquillité qu'il chérissait tant. Il se mit dès le mois de mai 1879 à la préparation de ce qu'il appelait une

« tragédie pour le temps présent ». Il y réfléchissait sans cesse, et en particulier durant les heures qu'il passait, selon son habitude, attablé dans une taverne. À Munich, ç'avait été le Maximilian, à Rome ce serait l'Oragno, sur le Corso. Si d'aventure il s'y rendait avec Suzannah et Sigurd, sa femme et son fils occupaient comme lui une place fixe, mais jamais près de la sienne.

Son point de départ cette fois ? La condition de la femme dans le monde moderne, sujet qui le préoccupait depuis une dizaine d'années. D'ailleurs, dans *L'Union des jeunes*, en 1869, Selma se plaint déjà d'être traitée comme une poupée. Edvard Brandes avait fait remarquer à Ibsen qu'il y avait là comme l'embryon d'une pièce nouvelle. Il avait été titillé aussi, peut-être, par les conversations qu'il avait eues à Dresde, dès le début des années 1870, avec Camilla Collett, la plus déterminée des féministes norvégiennes, qui était venue lui rendre visite et lui avait fait reproche de ses vues qu'elle jugeait trop conservatrices sur la question. Collet s'entendait au mieux avec Suzannah, et il se peut que cette connivence ait aussi contribué à inciter Ibsen à approfondir le sujet. Encore fallait-il qu'il imagine un argument. Il lui fut fourni par une histoire vraie, survenue à l'une de ses admiratrices.

Dix ans auparavant avait paru à Copenhague un roman, *Les Filles de Brand*, qui était un prolongement du poème dramatique qu'il avait composé en 1864. L'ouvrage, discrètement signé Lili, lui avait été envoyé, accompagné d'une dédicace émouvante : l'auteur y disait l'avoir écrit « pour les âmes angoissées que la lecture de son poème a remplies de doute et d'inquiétude — dans l'espoir qu'il pourrait peut-être diriger leurs pensées, leurs méditations dans la bonne voie ». Ibsen avait trouvé le livre un peu sentencieux, mais avait encouragé l'auteur et profité d'un passage au Danemark pour la rencontrer. Elle s'appelait Laura Petersen, n'avait que vingt ans et des parents norvégiens d'origine danoise. Ibsen la trouva si gaie qu'il la surnomma bientôt « l'Alouette ». Il l'invita à Dresde, où elle séjourna durant deux mois l'été suivant : elle se rendait pratiquement chaque jour chez les Ibsen, où elle gagna aussi la sympathie de Suzannah. Ibsen ne cessa de lui prodiguer des encouragements : elle devait continuer à écrire.

Laura perdit son père en 1872 et épousa, l'année suivante, Victor Kieler, un agrégé de lettres très épris d'elle. Il était de santé médiocre et très marqué par la banqueroute de son père, qui avait été ruiné à la suite d'une caution accordée à un ami insolvable. Comme il était tuberculeux, une convalescence dans le Midi s'imposait. Il ne voulut à aucun prix solliciter son père, qui avait restauré sa fortune, pour financer ce séjour. Laura fit un emprunt à l'insu de son mari auprès d'une banque norvégienne. Au retour de ce voyage qui avait produit l'effet escompté, le couple rendit visite aux Ibsen, qui séjournaient à ce moment à Munich. Laura révéla à Suzannah, avec laquelle elle était restée en correspondance, qu'elle s'était procuré de l'argent sans que son époux le sache, ce dont elle se félicitait, puisque Victor allait mieux.

Malheureusement, les choses n'en restèrent pas là. Elle contracta un nouvel emprunt, toujours clandestinement, et, relevant de couches, ne put l'honorer. De guerre lasse, Laura demanda à Ibsen, en lui envoyant un manuscrit, d'intervenir auprès de Hegel, leur éditeur commun à Copenhague, pour qu'il lui verse un à-valoir plus généreux qui la tirerait d'affaire. Ibsen, pourtant très bien disposé à son égard, ne répondit pas d'emblée à cette demande. Il analysa la lettre, peut-être dans l'idée qu'il y avait là l'esquisse d'une intrigue dont il pourrait se servir. Lorsqu'il lui écrivit, le 26 mars 1878, il lui conseilla de cesser de tenir son mari à l'écart de ses problèmes : « Il faut tout lui dire ; il doit prendre à son compte les soucis et inquiétudes qui vous tourmentent et vous alarment. Vous vous êtes déjà sacrifiée plus qu'il ne convient[1]. » Il y a, dans cette dernière phrase, un appel à la révolte.

Comme il n'avait pas montré grand enthousiasme à recommander le manuscrit auprès de son éditeur, elle le brûla. Talonnée par l'ami qui lui avait accordé sa caution, et qui invoquait ses enfants à charge, elle rédigea une traite elle-même, qui ne fut pas admise, qu'elle déchira, en en envoyant les morceaux à un riche cousin de son mari qui n'avait pas voulu l'aider. C'est ainsi que Kieler fut mis au courant. Fou de rage, il la fit enfermer dans un asile d'aliénés où elle séjourna un mois ; et, lorsque leur divorce fut prononcé, la garde de leurs enfants fut retirée à la « vraie » Nora.

On voit bien, en effet, ce qui, dans *Maison de poupée*, est inspiré de cette histoire. À la différence des époux Helmer, les Kieler se réconcilièrent. Laura rejoignit ses enfants et son mari lorsque ce dernier le souhaita, après deux ans de séparation. Dans les esquisses de la pièce, Ibsen envisage un temps le suicide de Nora, ou son naufrage dans la folie. L'épilogue de *Maison de poupée*, qui fit couler tant d'encre, donna à Ibsen bien du fil à retordre.

Durant la période de maturation de *Maison de poupée*, Ibsen manifesta autrement que par l'écriture son souci de promouvoir le statut de la femme. Il obtint d'abord qu'au sein de l'Association scandinave, qu'il fréquentait régulièrement ne fût-ce que pour consulter la presse, le poste de bibliothécaire pût être occupé par une femme, ce qui fut accepté. Dans la foulée, il mena campagne pour faire admettre les femmes comme membres effectifs de l'association, avec droit de vote. Il eut moins de succès : il fallait la majorité des deux tiers, et une voix fit défaut. Ibsen demanda un nouveau vote, sa proposition fut rejetée. Furieux, il quitta les lieux et bouda l'association, jusqu'au jour de la fête annuelle. Il s'y rendit en tenue de gala, couvert de ses décorations, et interpella alors les femmes de l'assemblée, qu'il soupçonnait d'avoir intrigué contre sa proposition. Comment les femmes, « à qui ce présent était destiné », avaient-elles pu se conduire ainsi? Les récits rapportent que ses yeux fusillaient l'assemblée : « Qu'est-ce que ces dames ignorantes, sans véritable culture, immorales[2] ? » vitupérait-il. Il fut si véhément qu'une des dames interpellées s'effondra sans connaissance !

En juillet 1879, après avoir travaillé deux mois à sa pièce, il décida de s'installer à l'Albergo de la Luna, sur la presqu'île de Sorrente. Il y occupa un appartement qui l'enchantait : de la terrasse il voyait la mer, la ville et la superbe côte amalfitaine. Fin septembre, il put envoyer le manuscrit à son éditeur. En moins de cinq mois, il avait écrit la pièce qui est, depuis, la plus jouée de son répertoire.

Son intention était-elle d'écrire une pièce féministe ? Il y a tout lieu d'en douter. Il voulait, semble-t-il, avant tout dénoncer ce qui, dans la société, entravait le développement des femmes dans leur singularité. Il avait, dans son discours en faveur de leur statut de membre effectif au sein de l'Association scandinave, tenté cette définition : « Les femmes ont quelque chose de commun avec le véritable artiste, de même qu'avec la jeunesse en général, et cela remplace le sens pratique des affaires : l'instinct génial qui va droit à la solution juste[3]. » Quant au prénom de Nora, important au point qu'il remplace dans de nombreuses versions le titre *Maison de poupée*, il est l'abréviation d'Eleonore. Ibsen en avait connu une dans sa jeunesse, la nièce de son ami Schulerud, qu'il avait dû un jour soigner d'une blessure au doigt quand il était aide-pharmacien à Grimstad. Ses familiers l'appelaient Nore, mais il l'avait nommée Nora pendant qu'il la soulageait de sa douleur. Nora, de plus, rime avec Laura (Kiefer) et avec Selma, la première esquisse du personnage, qui apparaît dans *L'Union des jeunes*. D'ailleurs, un autre élément renforce le lien avec cette pièce : Helmer, le mari, s'appelle Stenborg dans les brouillons, tout comme le jeune arriviste de l'*Union*. Aussi cette œuvre ouvre-t-elle, à maints égards, en 1873, sa veine réaliste, puisqu'elle est aussi celle où il rompt définitivement avec l'usage du vers.

Maison de poupée introduit deux nouveaux usages dans sa dramaturgie : le resserrement sur cinq personnages essentiels et la structure en trois actes. Ces caractéristiques favorisèrent-elles sa mise en scène un peu partout ? En tout cas sa réputation se répandit comme une traînée de poudre. Le livre sortit de presse à Copenhague le 4 décembre 1879, et le premier tirage de 8 000 exemplaires fut épuisé en quelques jours. Il fallut une deuxième puis une troisième édition. La demande ne se tarit jamais. En 1928, année du centième anniversaire de la naissance d'Ibsen, son éditeur Gyldendal avait vendu près de 130 000 exemplaires du texte : aucune œuvre inscrite à son catalogue n'avait atteint un tel tirage hormis certaines pièces de Shakespeare.

Maison de poupée ne fut pas seulement un best-seller, ni le texte qui plus que tout autre porta la réputation d'Ibsen aux quatre coins du monde : en chinois, le mot désignant le féminisme est construit sur la racine de Nora, en référence à sa pièce. Hormis tout cela, le bruit de la porte claquée à la fin s'est répercuté dans les consciences sous toutes les latitudes, même dans les pays où il fut, dans un premier temps du moins, soigneusement amorti. En Allemagne, en Angleterre, en Belgique (dans la version de Léon Vanderkindere), Nora se ravisait et renonçait de justesse. Mais la menace qu'elle le fît suffisait à ébranler les consciences. Jamais une pièce n'avait suscité tant de débats, bien au-delà du public passionné d'art et de théâtre. Même Strindberg dut en convenir. Il était exaspéré par le type de femme que représentait Nora à ses yeux, mais il admit dans la préface de son recueil de nouvelles *Mariés !*[4] que grâce à *Maison de poupée* était révélé « que le mariage n'était pas une institution divine, que les gens cessaient d'y voir le pourvoyeur d'une félicité absolue, et que le divorce entre des partenaires incompatibles était enfin accepté, concevable et justifiable ».

Pas de revenants à Noël

La renommée prenait, à présent, un tour véritablement international. En cette même année 1881, des échos résonnaient de toutes parts. Dès janvier parut dans la revue *Unser Zeit* un article très fouillé de Eugen Zabel, portant surtout sur *Peer Gynt*. Il relève des points communs entre la philosophie de l'auteur et le pessimisme allemand, trouve des liens entre *Peer Gynt*, *Brand* et le *Faust* de Goethe, rapprochement tout à fait fondé d'ailleurs. Dans les réserves qu'il émet, l'article a des échos prépsychanalytiques. Il attribue à l'œuvre une dimension plus pathologique que poétique. C'est le premier signe d'une approche du travail d'Ibsen par l'étude de l'inconscient, non encore formulé comme tel : il préfigure ce qu'écriront sur lui Lou Andreas-Salomé et, surtout, Sigmund Freud.

Le même mois parut dans le *St. James Magazine* à Londres la première livraison de l'essai de William Archer sur Ibsen. Archer, un Écossais de vingt-quatre ans qui avait passé une partie de son jeune âge en Norvège dont il connaissait la langue, allait jouer dans la destinée internationale de l'auteur un rôle déterminant et devenir, avec Hegel, son éditeur à Copenhague, et Edvard Brandes, l'un de ses confidents les plus fidèles. Il décela en Ibsen une sensibilité proche de celles de George Eliot et de Thomas Hardy. Il le situa aussi dans le contexte norvégien, démontra combien ses compatriotes à la fois l'admiraient, le craignaient et le détestaient parce qu'il leur interdisait de se bercer d'idéalisme, parce qu'il décrivait le monde tel qu'il était et non tel qu'il aurait dû être.

Archer ne se contenta pas de commenter l'auteur qu'il admirait, ni de le traduire. Il devint son propagandiste auprès des personnalités qui voulaient bien lui prêter l'oreille. Peu après la parution de son article, il fut intrigué, dans la salle de lecture du British Museum, par un escogriffe aussi assidu que lui, George Bernard Shaw. Son teint pâle, sa barbe et sa tignasse rousses le rendaient immédiatement repérable. Comme, d'ailleurs, ses lectures où voisinaient *Le Capital* de Marx et la partition de *Tristan und Isolde* de Wagner. Ils conversèrent, sympathisèrent bientôt. Et Archer lui parla forcément d'Ibsen. Shaw s'enthousiasma, se plongea dans les textes qu'Archer lui transmit. Il en sera profondément marqué. Lorsqu'il deviendra lui-même auteur dramatique, son art sera nourri du modèle ibsénien. Il ne s'en cachera pas, au demeurant. Lui qui écrira un jour que Peer Gynt « est le héros de tout le monde, il a le même effet sur l'imagination qu'ont pu avoir Hamlet, Faust et le Don Juan de Mozart[1] » publiera en 1889, avant de faire ses propres débuts d'auteur dramatique, sa *Quintessence de l'ibsénisme*, le retentissant ouvrage qui assoira la réputation d'Ibsen dans le monde anglo-saxon. Autre auteur qui doit à Archer d'avoir été converti à ce même ibsénisme : James Joyce.

Troisième signe qu'Ibsen était en train de devenir une sommité internationale : son pire ami, ou son meilleur ennemi, Björnson, fit, en cette même année 1881, un grand tour des États-Unis à l'invitation de la veuve d'Ole Bull, le violoniste norvégien qui avait attiré Ibsen au théâtre de Bergen. Dans un article qu'il avait été invité à écrire dans le *Scribner's Monthly*, il n'hésita pas à dire qu'Ibsen était le plus grand auteur dramatique de son époque et s'étonnait qu'il ne fût pas encore traduit en Amérique.

À l'époque où gonflaient ces rumeurs flatteuses, les Ibsen vivaient à Rome. Quand il n'était pas dans son cabinet de travail, l'écrivain se rendait quotidiennement au café Aristi, très fréquenté par les Scandinaves. Il y trouvait aussi les journaux, lecture dont il s'est nourri toute sa vie. Il affectait de lire la presse plus que les livres. Certains de ses amis s'en indignaient, d'autres, comme Georg Brandes, y voyaient sa manière de sonder les idées qui germaient dans les tréfonds de la société. Il consultait aussi les publications nordiques au Club scandinave, dont il était également un assidu. On y organisa un jour un bal costumé en l'honneur des princes Oscar et Carl de Suède. Leur père, le roi Carl, avait insisté auprès de son ambassadeur à Rome pour qu'ils aient l'occasion de rencontrer Ibsen. Le diplomate l'invita donc à venir prendre le thé après le dîner qu'il organisait en leur honneur. Ibsen, vexé, fit savoir qu'il ne « buvait pas de thé ». Les princes eux-mêmes réparèrent la maladresse : ils l'invitèrent à dîner le lendemain.

En Suède, Ibsen avait un allié sûr en Ludvig Josephson, le directeur du théâtre de Stockholm. Il avait l'intention de programmer *La Comédie de l'amour* en ce même hiver 1881 et proposa au jeune dramaturge suédois le plus prometteur, August Strindberg, d'en assurer la traduction. Strindberg, de vingt ans le cadet d'Ibsen, n'avait encore écrit aucune de ses grandes pièces. Il examina la proposition avec attention, puis rédigea une réponse des plus professionnelles : « Ce sera un travail long et coûteux. Faites-moi une offre formelle et donnez-moi une échéance, parce que je ne prends pas le risque de tenter une aussi vaste tâche pour rien[2]. » Bien que Josephson n'ait pas fait de proposition satisfaisante, on peut conclure de cet épisode que Strindberg, qui avait lu le texte attentivement, a dû y puiser la confirmation d'une idée dont il se ferait à son tour le porte-parole : l'incompatibilité de l'amour et du mariage.

En juin, Ibsen se remit au travail, entama sa première œuvre depuis *Maison de poupée*, et signala d'emblée à son éditeur qu'elle n'en était pas la suite. D'autres auteurs, au fil du temps, comme Elfriede Jelinek, se chargeront d'imaginer ce qu'il advient de Nora après qu'elle a claqué la porte. Ibsen ne communiqua pas encore de titre à Hegel. Ce sera, lui dit-il, « un drame domestique en trois actes ». La relation entre *Les Revenants* et *Maison de poupée* existe cependant : « Après Nora, confia

Ibsen, Mme Alving devait venir. » Hélène Alving a tout sacrifié à son mari, qui la révulsait. Elle n'a pas trouvé de consolation auprès du pasteur Menders, qui l'a renvoyée à ses devoirs d'épouse. Veuve, elle crée un home pour enfants abandonnés à la mémoire du défunt. Mais lorsque son fils Osvald, très malade, probablement syphilitique, envisage d'épouser Régine avec qui il a grandi, Hélène se sent tenue de lui dire que la jeune fille est l'enfant illégitime de son débauché de mari. Osvald implore alors sa mère de l'aider à mourir, ce que Régine, qui a fui la maison, épouvantée par l'inceste, lui avait promis.

Ibsen écrivit *Les Revenants* à un rythme soutenu, comme sous la dictée. Il en commença la rédaction fin juin à Sorrente, à l'hôtel Tramontano. La chaleur était telle que Suzannah se baignait plusieurs fois par jour. Mais ils renoncèrent bientôt à lutter contre la canicule et retournèrent à Rome, où Ibsen termina, fin septembre, un premier jet de l'ensemble. Il envoya la copie définitive à Hegel le 23 novembre. Il était donc dans les temps pour la publication traditionnelle de fin d'année : depuis *Brand*, chaque nouveau livre d'Ibsen était en effet le maître achat pour les fêtes. Mais cette fois, Ibsen sentit qu'il avait plus que jamais provoqué son public. Dans la lettre qui accompagne son manuscrit, il fait part de son pressentiment à l'éditeur : « *Les Revenants* va probablement alarmer certains milieux, mais il n'y a rien à y faire. Si ce n'était pas le cas, il n'y aurait pas eu de nécessité pour moi d'écrire la pièce. » Il ajoute d'ailleurs que l'œuvre l'a « obsédé » et a « mobilisé ses pensées », au point d'avoir pris le pas sur un autre projet, qui deviendra sa pièce suivante, *Un ennemi du peuple*.

Ibsen ne croyait pas si bien dire. Le livre parut le 13 décembre 1881 : la consternation et l'hostilité dépassèrent tout ce qu'il avait pu imaginer. Les dix mille exemplaires, qui auraient dû partir immédiatement, restèrent pour une grande part sur les rayons des libraires qui, même lorsqu'ils les avaient achetés ferme, demandèrent à Gyldendal de pouvoir les retourner à l'éditeur contre remboursement. Hegel sentit que, s'il voulait conserver de bonnes relations avec eux, il devait leur faire cette concession.

Motifs de cette allergie ? Ibsen s'était attaqué au caractère sacré du mariage, avait ignoré le tabou qui pesait sur les maladies vénériennes, défendait l'amour libre, laissait entendre que dans certains contextes l'inceste et l'euthanasie étaient concevables. Même Josephson, le supporter de toujours, fit savoir que la pièce ne serait jamais jouée à Stockholm, que c'était la « chose la plus répugnante jamais écrite en Scandinavie ». Il se conformait ainsi à l'avis de l'opinion publique, qui se résumait dans cette phrase d'un éditorial paru dans le *Morgenbladet* : « Le livre n'a pas sa place sur la table de Noël d'un foyer chrétien. » Les défenseurs n'étaient pas nombreux. Björnson, une fois encore, se mit de son côté et parla de liberté, de bravoure et de courage de la part de l'auteur. Le professeur Schjott, qui enseignait la littérature grecque à l'université de Christiania, écrivit sans ambages que

Les Revenants rejoignait les tragédies antiques et qu'il s'agissait de la « plus grande œuvre d'art que toute notre littérature dramatique ait produite ». Strindberg aussi était admiratif. Même s'il était profondément opposé à Ibsen, il était obligé d'admettre que *Les Revenants* trouvait grâce à ses yeux : « Mais il a écrit *Les Revenants*. Je ne peux pas le haïr. »

Ibsen était indigné par cette fureur conservatrice, en particulier dans les rangs libéraux. Les journaux progressistes n'avaient pas osé affronter les opinions de leur lectorat de base. Le résultat navrant de tant de vindicte ? Aucun théâtre scandinave n'osa mettre l'œuvre à son affiche, et la création eut lieu le 20 mai 1882 à... Chicago ! Elle fut jouée en version originale devant un public d'émigrants scandinaves à l'Aurora Turner Hall. Une actrice danoise interprétait Hélène Alving, entourée de comédiens amateurs, et la production tourna dans tout le Middle West, devant des spectateurs trop heureux d'entendre parler leur langue...

La pièce gêna tout autant en Allemagne, où elle ne parut en traduction qu'en 1884. Cette sortie coïncida avec les représentations de *Maison de poupée* à Meiningen. Durant la représentation, des spectateurs dévoraient le texte des *Revenants*, qu'ils n'auraient jamais osé lire à domicile. Les jeunes comédiens, titillés par le parfum de scandale, aimaient proposer des scènes de la pièce lors d'auditions, ou en donner des représentations privées, dans des endroits discrets.

Lorsque Ibsen fut enfin révélé en France, en 1890, ce fut avec *Les Revenants*, justement. Zola incita Antoine à monter la pièce au Théâtre-Libre. Il avait été alerté par un article de Jacques Saint-Cères dans la *Revue de l'art dramatique*, qui présentait Ibsen comme un naturaliste. L'auteur de *Thérèse Raquin* avait été intéressé par une œuvre dont les thèmes le concernaient, et que Joan Templeton a synthétisés en reconnaissant leur actualité :

> La soumission de la femme à l'homme, le mariage sans amour, le devoir conjugal, le dévouement filial forcé, le respect des commandements d'une Église hypocrite, sont des revenants puissants qui continuent à hanter le monde, niant vérité et liberté, et empêchant le bonheur humain[3].

Ce rôle capital joué dans la divulgation d'Ibsen fait des *Revenants* une pièce essentielle, mais elle l'est aussi à d'autres égards : elle est la première à se servir aussi conséquemment du sous-texte, et à faire émerger progressivement le passé comme une force subvertissant le présent. Plus que *Maison de poupée*, elle inaugure l'ère des « grands drames modernes ».

Malgré le succès annoncé des *Revenants*, Ibsen, dont les soucis financiers étaient réels, s'attela donc sans tarder à *Un ennemi du peuple,* texte qu'il avait provisoirement écarté. Le travail allait de si bon train qu'il expédia à Copenhague dès le début de septembre un texte qu'il hésitait à appeler « comédie » parce que « cela tient fortement du genre de la comédie, mais a aussi un thème de base très sérieux ». Il s'était tellement plu à l'écrire qu'il éprouvait un « sentiment de vide et de privation » à l'idée de s'en séparer, et ajoutait : « Le Dr. Stockmann et moi nous sommes bien entendus ; nous sommes d'accord sur tant de choses. Il permettra aux gens de tolérer que passent ses lèvres des choses qu'ils n'accepteraient pas si diligemment si elles venaient des miennes. »

Stockmann, dont le nom doit quelque chose à la Stockmanngatan où il avait habité enfant à Skien, indice peut-être de sa proximité d'esprit avec son créateur, est la figure centrale d'*Un ennemi du peuple*. La pièce relève d'un registre comparable à celui de *L'Union des jeunes* et des *Piliers de la société*, d'ailleurs certains personnages de ces œuvres antérieures réapparaissent dans celle-ci. Mais elle se démarque radicalement des *Revenants* : pas de révélations rétrospectives, une structure linéaire, des personnages à la psychologie claire comme le jour.

Thomas Stockmann est le médecin d'une station balnéaire dont son frère Peter est le maire. Il compromet son confort personnel et la tranquille prospérité de la petite ville en révélant publiquement que les sources alimentant les bains publics sont polluées. Il entre inévitablement en conflit avec les autorités, incarnées en premier lieu par son frère, mais aussi par l'opinion publique et la presse. Les considérations morales et humaines sont mises en balance avec la bureaucratie, l'intérêt économique à court terme et la démagogie : la modernité visionnaire du sujet saute aux yeux.

Stockmann a des envolées qui échappent à toute forme de correction politique ou religieuse. Non seulement il affirme, à l'instar de ce qu'Ibsen a confié à nombre de ses amis au fil du temps, que la « minorité a toujours raison », mais il ajoute même : « Je ne pardonne pas comme une certaine personne. Je ne dis pas : je te pardonne, parce que tu ne sais pas ce que tu fais... »

Le sujet s'était imposé à Ibsen au départ de quelques faits qui l'avaient frappé. Alfred Meisner lui avait raconté, alors qu'il vivait à Munich, que son père, médecin dans la ville d'eaux de Teiplitz, avait estimé devoir révéler qu'un cas de choléra s'était produit : la saison des bains en avait été compromise, ce qui déclencha une telle colère populaire que le médecin et sa famille durent quitter la ville. Au début de 1881, Ibsen avait appris qu'un membre de l'assemblée générale de l'Assistance publique de Christiania n'avait pas pu dénoncer ouvertement le manque d'aide apportée aux déshérités, et avait été forcé de quitter la tribune. D'après Michael Meyer[4], il avait pu être marqué par le cas de Charles Bradlaugh, parlementaire britannique qui, s'étant déclaré libre-penseur, ne pouvait donc prêter serment et en conséquence avait été interdit de parole et même évacué de l'assemblée par la force.

À sa sortie, le livre fut diversement accueilli par la critique. Edvard Brandes, par exemple, qui n'avait pas aimé la mise en cause des progressistes, n'y voyait rien d'autre qu'« un article moyennement dramatisé en réponse à quelques pauvres gribouillages journalistiques ». Les théâtres, par contre, se bousculaient pour monter la pièce : Copenhague, Stockholm se mirent sur les rangs, et Hans Schröder, le directeur du théâtre de Christiania, revendiqua même le droit à la première, ce qu'Ibsen lui accorda en échange d'une avance presque deux fois supérieure à celle qu'il avait demandée pour *Maison de poupée*.

Le personnage de Stockmann a souvent été tenu pour le principal atout de cette œuvre considérée quelquefois comme mineure. Il est vrai qu'elle n'a pas les ambiguïtés des *Revenants*, mais elle répond à une tout autre intention : prime ici la dénonciation politique, sur un ton qui a, par moments, des accents parodiques. Quelques grands comédiens se sont distingués dans l'interprétation du personnage central. Le plus célèbre d'entre eux est Konstantin Stanislavski, qui a affirmé qu'il avait préféré ce rôle à tous ceux qu'il avait pu tenir dans sa carrière. Il s'est souvenu dans ses Mémoires des représentations qu'il donna avec le Théâtre d'art de Moscou à Petrograd en 1905, le jour où une insurrection prérévolutionnaire ayant enflammé la place Kazanski avait entraîné une violente répression. Le public savait que Stockmann méprisait la majorité et ne croyait qu'en l'individu, mais il disait la vérité et c'était suffisant. Le caricaturiste du *Vikingen* avait vu juste : dans *L'Union des jeunes*, Ibsen s'était attaqué à la gauche ; dans *Les Piliers de la société*, il s'en était pris à la droite ; dans *Un ennemi du peuple*, il n'avait épargné personne. Ibsen avait surtout tenté de répondre à une interrogation qui le hantait, et dont il avait fait part à son ami Olaf Skavlan alors qu'il se faisait vilipender à propos des *Revenants* :

Est-ce que ce ne sont pas en premier lieu les esprits qui ont besoin d'être libérés ? Ces âmes d'esclaves qui nous habitent ne sont même pas en mesure de jouir des libertés qu'elles ont déjà. La Norvège est un pays libre où vivent des hommes enchaînés[5].

Ce sentiment dut prévaloir lorsque, dans les premiers jours de 1884, Björnson lui écrivit en urgence pour lui demander s'il était intéressé par la reprise de la direction du théâtre de Christiania, ce qui impliquait évidemment qu'il s'en revienne au pays. Il lui répondit sans tarder que de toute façon « son goût des aspects pratiques du travail théâtral était trop restreint », et qu'il n'était pas sûr que « le public de Christiania ait le moindre besoin d'un théâtre de qualité ». Il continuait à bien se plaire à Rome. « Ici, disait-il, je puis écrire un livre tous les ans. » Et, en effet, une année seulement avait séparé *Un ennemi du peuple* des *Revenants*, une précipitation qui ne se répéterait plus jamais.

Mais au pays, il y aurait au moins cinq ans d'intervalle. Pourquoi rentrer chez soi et se faire harceler par des centaines de gens dont vous n'avez rien à faire ? [...] La vie et ses phénomènes sont mieux vus par un écrivain à distance, aussi bien dans le temps que dans l'espace[6].

Pour rencontrer Ibsen, il fallait donc faire le voyage, et certains abandonnaient en chemin. Strindberg, qui était à Ouchy, au bord du lac Léman, au printemps 1884, se dit qu'il devrait se rendre chez son illustre aîné. Il demanda à Björnson, qui se trouvait à ce moment à Paris : « Auriez-vous la gentillesse de lui demander de me recevoir, parce que s'il me claquait la porte au nez, j'en serais très vexé. Je veux voir l'homme le plus furieux d'Europe avant de mourir ! » En route pour Rome, Strindberg rebroussa chemin cependant à Gênes, estimant le temps trop maussade. La rencontre des deux plus grands dramaturges scandinaves n'eut donc jamais lieu, même si plus tard, revenu à Christiania, Ibsen vécut en permanence sous le regard de Strindberg. Il avait acheté un portrait de son rival et l'avait suspendu au mur de son cabinet de travail….

Ibsen était-il vraiment l'homme en colère que Strindberg voyait en lui ? Il avait, avec les visiteurs et relations qu'il voyait à Rome, une attitude très courtoise. Mais il leur tenait volontiers des propos provocateurs comme un soir, au Caffè Nazionale, après un bal au Club scandinave, où il s'exclama : « Ils devraient guillotiner la bourgeoisie comme il y a un siècle en France ils ont guillotiné l'aristocratie ! » Ingvalt Undset, le père de la romancière Sigrid Undset, l'entendit développer une théorie bien dans la ligne du partisan de « la torpille sous l'arche » : « La société et tout le reste doivent être balayés. Puis des sortes de compagnies d'assurance seront peut-être autorisées à émerger à la place des sociétés et des états actuels. »

Il eut la satisfaction d'apprendre enfin, deux ans après sa création à Chicago, que *Les Revenants* serait monté en Europe. August Lindberg, un de ses jeunes admirateurs les plus passionnés, avait mis sur pied une production itinérante destinée à tourner à travers la Suède, le Danemark et la Norvège. Ibsen avait donné son accord à condition qu'il n'y ait pas d'autre pièce au même programme et qu'aucune musique n'accompagne le spectacle. La première se passa dans un silence religieux, le public afflua, on put doubler le prix des places. À Stockholm, le succès fut tel que le Théâtre royal proposa sa propre version un mois plus tard.

Vint l'heure de vérité : les représentations à Christiania. Elles eurent lieu au théâtre de la Mollergaden, là où, vingt-six ans auparavant, Ibsen avait rencontré tant d'embûches. Le soir de la première, Lindberg eut l'impression, dès le lever du rideau, que les spectateurs retenaient leur souffle, et la même attention se maintint tout au long de la représentation. L'accueil des *Revenants* fut si enthousiaste que, le deuxième soir, des manifestants se pressaient devant le théâtre de Christiania (qui programmait une vulgaire farce française, au titre symptomatique, *Tête de linotte*), pour protester contre son rejet de la pièce d'Ibsen. L'honneur de l'auteur était doublement restauré : il faisait un triomphe dans le théâtre où il avait souffert au point d'être forcé à l'exil et, de plus, avec une pièce qui, deux ans auparavant, n'avait trouvé qu'une poignée de défenseurs.

Les trolls intérieurs

S'adressant à son premier biographe, Henrik Jaeger, Ibsen fit une confidence qui lève un voile sur la patience et la précision avec lesquelles il inventait ses personnages. Tout porte à croire qu'il devait être, au moment où il se livra à cet exposé de sa méthode, plongé dans l'une des trois œuvres majeures qu'il composa à l'approche de la soixantaine.

En général, lui dit-il, j'écris trois brouillons de mes drames, qui sont très différents par le dessin des caractères, non par l'action. Quand je procède à la première ébauche de mon sujet, il me semble avoir de mes personnages le degré de connaissance que l'on acquiert pendant un voyage en chemin de fer ; on s'est rencontrés, on a bavardé sur ceci ou cela. Au brouillon suivant, je vois tout plus clairement, je connais les personnages à peu près comme on les connaîtrait après un séjour de quatre semaines dans une ville d'eaux ; j'ai appris les traits essentiels de leur caractère ainsi que leurs menues particularités ; il n'est pourtant pas impossible que je me sois trompé sur quelque point important. Au dernier brouillon, enfin, je suis à la limite de mon savoir ; je connais mes gens par d'intimes et longues relations... ils sont mes amis très proches qui ne me décevront d'aucune manière ; tels que je les vois alors, je les verrai toujours[1].

1

2

1 Portrait d'Ibsen en 1888 par Carl Frithjof Smith. Oslo, Bymuseum.

2 Ibsen en promenade, vu de face, par Gustav Laerum, vers 1900. Oslo, Norsk Folkemuseum/ Ibsen Museet.

« Les amis sont un luxe dispendieux : lorsqu'un homme s'investit dans une mission et lui consacre sa vie, il ne peut se permettre d'avoir des amis. »

3

4

3 La maison de Venstop. Ibsen Museum Venstop/Telemark Museum.

4 Le grenier de la maison de Venstop. Ibsen Museum Venstop/Telemark Museum.

5 Une vue de Christiania. Aquarelle d'Ibsen. Bergen, Collection Rasmus Mayer.

« Âme, sois fidèle
jusqu'à la fin !
La victoire du vainqueur
est de tout perdre.
Perdre tout ce que
ton bénéfice créa ;
on ne possède éternellement
que ce que l'on a perdu ! ».

6

7

6 Ingrid Bergman dans *Hedda Gabler* mis en scène en 1962 par Raymond Rouleau, Paris, théâtre Montparnasse.

7 Gérard Desarthe et Roland Bertin dans *Peer Gynt* mis en scène en 1981 par Patrice Chéreau au TNP de Villeurbanne.

8 Jane Fonda dans *Maison de poupée* de Joseph Losey, 1973.

9 Emmanuelle Seigner dans *Hedda Gabler* mis en scène par Roman Polanski en 2003 au théâtre Marigny.

8
9

« Pour nous, l'œuvre d'Ibsen n'est pas un livre, ou si c'en est un, c'est le grand livre de la vie. Lorsque nous sommes avec Ibsen, nous sommes à bord d'un navire qui lutte en pleine mer avec les vagues, nous écoutons la voix jamais interrompue du grand ressac. »
Alexandre Blok

10 Portrait de Strindberg dans le bureau d'Ibsen. Oslo, Norsk Folkemuseum.

11 Ibsen photographié à sa table de travail. Oslo, Norsk Folkemuseum.

10
11

12

12 Ibsen devant le Théâtre national de Christiania par Gustav Laerum, vers 1895. Oslo, Norsk Folkemuseum.

13 « Une force de premier rang ! », Ibsen lors de la célébration de ses 70 ans en 1898. Caricature d'Alfred Smith in *Blaeksprute.* Oslo, Norsk Folkemuseum.

13

14 Ibsen en promenade, vu de dos, par Gustav Laerum, vers 1900.
Oslo, Norsk Folkemuseum/ Ibsen Museet.

À partir de *Canard sauvage*, on ne prendra plus Ibsen en défaut de connaissance de ses personnages. Il ne se heurte plus qu'à leur mystère. Les dessinant avec une richesse de détails inouïs, il débusque, sous les couches successives qui les constituent, ce qui les rend en fin de compte insaisissables. On comprend mieux, dès lors, pourquoi de notoires explorateurs de l'inconscient, Freud en tête, se soient à ce point intéressés à lui. Ibsen est, comme le dit Patrick Avrane, le « seul contemporain que l'inventeur de la psychanalyse situe aux côtés de Shakespeare, Sophocle ou Euripide[2] ». Freud va jusqu'à dire qu'il assimile certains de ses personnages à des êtres réels : « Nous avons jusqu'ici traité Rebecca West comme si elle était une personne vivante et non une création de l'imagination de l'écrivain Ibsen[3] », dit-il de la principale figure féminine de *Rosmersholm*. Dans sa correspondance avec Freud, Jung fait allusion à *La Dame de la mer* pour expliciter un cas : « La construction du drame, la façon dont le nœud est agencé sont identiques à Ibsen[4]. »

Ces études, qui sont innombrables à propos des pièces qui paraissent à partir de *Canard sauvage* — encore que Sándor Ferenczi se soit intéressé à *Peer Gynt* et même aux *Prétendants à la couronne* —, confirment que l'œuvre d'Ibsen prend toute son ampleur dès cette pièce, ce que vient corroborer le fait que Joan Templeton consacre la moitié de son magistral essai *Ibsen's Women* aux huit dernières pièces d'un auteur qui en composa vingt-cinq !

Hans Heiberg le dit sans ambages : à ses yeux, *Le Canard sauvage* est le « plus riche de tous les drames contemporains d'Ibsen[5] ». Cela tient selon lui à l'attitude de l'auteur, qu'il résume par la notion de compassion. Jusque-là, on pouvait déduire de l'œuvre la position du dramaturge, voire le jugement qu'il portait sur ses personnages. Il est clair, pour ne citer que cet exemple, qu'Ibsen se rit de Peer Gynt, et qu'il est solidaire de Nora. Il sera vain de tenter de le situer par rapport à Hedda Gabler. Il s'est fait, dans ses pièces ouvertement politiques, comme *L'Union des jeunes*, *Les Piliers de la société* ou *Un ennemi du peuple*, le critique de la société et des figures qui selon lui la représentent. Au besoin, il les met en cause par le biais de figures de justiciers, comme Johan Jonnesen, qu'il place clairement face à Bernick.

Une mutation s'est produite, cela paraît évident. Mais quels en sont les indices dans sa vie ? Il semble qu'au cours des années 1883-1884 il ait paru encore moins sociable qu'il ne l'était d'ordinaire. Il conversait peu, sauf avec des interlocuteurs dont il appréciait à la fois la finesse et la réserve, comme le jeune Ingvald Undset, que ses activités d'archéologue avaient conduit à Rome. Celui-ci avait été témoin de sa grande prosopopée radicale, où il s'était exclamé : « L'humanité doit recommencer à construire le monde depuis le commencement, et commencer par l'individu… La grande tâche de notre temps est de supprimer toutes les institutions existantes. » Un autre soir, il lui avait confié : « Chaque oiseau doit chanter avec sa propre gorge, et ainsi remplir la tâche assignée à lui par la nature, et sa justification est qu'il peut dire avec Luther : "Je ne peux pas faire autrement ! Me voici. Que Dieu m'assiste. Amen !" » Il y a, dans cette pensée, une grande part d'indulgence. Politiquement, il est opposé aux institutions et au conservatisme, mais il voit les limites de ces louables intentions, comme il l'écrit à Edvard Brandes : « Avec tous ces très louables efforts pour faire de notre peuple une société démocratique, on est par mégarde en bon chemin pour en faire une société de plébéiens. »

Sa propre hostilité aux autorités norvégiennes avait été apaisée par la solution apportée aux problèmes professionnels de son fils Sigurd. Fort de son doctorat en droit de l'université de Rome, il avait envisagé un temps de se faire naturaliser pour entrer dans le corps diplomatique italien. À la réflexion, il demanda à son père de sonder le gouvernement norvégien en vue de l'obtention d'un poste de même nature dans son pays d'origine. On lui attribua un emploi au « bureau des consulats », préfiguration de ce qui allait devenir plus tard le ministère norvégien des Affaires étrangères.

On le vit désormais se détacher de la politique, comme s'il avait délégué ces préoccupations à son fils, qui y fit une carrière mouvementée mais brillante, pour ne plus se poser que des questions d'ordre strictement artistique. Lorsque Leopold Sacher Masoch, qui était venu lui rendre visite à Rome, lui demanda d'écrire quelques mots dans son album, il y rédigea cette phrase : « De nos jours toute œuvre littéraire nouvelle doit déplacer les poteaux de frontière. »

Le Canard sauvage est une plongée dans ses souvenirs intimes. Lorsque l'on visite, de nos jours, la fermette de Venstöp où le petit Henrik s'en alla vivre avec sa famille après la faillite de son père, le guide ne manque jamais de montrer le grenier. Une pièce à deux niveaux, sous le toit rustique, où l'on imagine d'emblée que des enfants aient pu y aménager un théâtre. Ibsen y a joué aux marionnettes, s'est exercé à la prestidigitation, a peint ses premières aquarelles, a caché ses livres. Ce grenier, aujourd'hui, est associé au *Canard sauvage*, puisque c'est là que le vieil Ekdal se retire parmi les vestiges de son passé. Un personnage qui par ses litanies creuses mais désarmantes évoque Knud, le père d'Ibsen, qui portait lui aussi un vieux calot sur la tête du temps où il faisait partie de la garde civique. Il n'est pas fortuit non plus qu'Ibsen ait appelé Hedwig la fillette qui est au centre du drame : il lui a donné le nom de sa sœur, le seul membre de la famille avec qui il ait gardé quelque contact.

Mais qui a servi de modèle à Hjalmar Ekdal, la figure centrale, ce photographe aux projets démesurés, qui n'a qu'un peu de talent mais d'immenses ambitions et va droit vers de graves désillusions ? Des photographes, praticiens de cette technique balbutiante qui le fascinait, Ibsen en a côtoyé beaucoup, d'autant qu'il était lui-même très attentif à son image. Cette occupation semble attribuée au fils Ekdal par antiphrase, puisqu'il ne veut pas voir la réalité telle qu'elle est. On est tenté de penser qu'Ekdal est une face d'Ibsen, et que son autre face serait Gregers Werle, le fils de notable qui veut, au nom d'un idéal de vérité, révéler à Ekdal que sa femme Gina a été la maîtresse de son père à lui, Werle, et que leur mariage n'a été qu'une façon de camoufler cette liaison. Ce démasqué va avoir un effet catastrophique, puisqu'il mène au suicide d'Hedwig.

Sous bien des aspects, *Le Canard sauvage* se distingue dans l'œuvre d'Ibsen par l'affection que l'on y ressent pour cette petite famille qui n'a pas demandé que la violence du passé fasse aussi brutalement irruption dans sa vie. On voit la brèche que cette tragi-comédie — car Ibsen y a introduit des éléments comiques — a ouverte dans le théâtre moderne : on y trouve l'esquisse de *La Mouette* de Tchekhov et de *La Ménagerie de verre* de Williams.

À l'époque où il terminait *Le Canard sauvage*, Ibsen était prêt pour un nouvel exode. Sigurd ne vivait plus chez ses parents : il avait été engagé dans l'administration suédo-norvégienne à Stockholm. L'attirance vers le nord se faisait de plus en plus forte, d'autant qu'il savait qu'il pourrait y revoir son fils. En juin 1885, Suzannah et lui entreprirent le voyage. Ils parvinrent à temps à Christiania pour qu'Ibsen puisse assister, au Parlement, à un débat sur l'attribution d'une bourse au jeune auteur Alexander Kielland. La proposition fut rejetée parce que les membres du gouvernement, des radicaux de gauche, s'étaient désintéressés de la question. Il exprima aussitôt sa déception dans un discours qu'il prononça devant l'association ouvrière de Trondheim où il dit notamment :

> Il faut introduire un élément de noblesse dans notre vie politique, notre gouvernement, notre parlement et notre presse. Je ne pense pas, naturellement, à l'aristocratie de la naissance, ni à celle de l'argent, ni à l'aristocratie du savoir, ni même à celle des capacités ou des talents. Mais je pense à la noblesse du caractère, de l'esprit et de la volonté. [...] Cette noblesse [...] elle nous viendra de deux groupements qui n'ont pas encore souffert irrémédiablement de la pression d'un parti. Elle nous viendra de nos femmes et de nos travailleurs[6].

C'était son premier discours politique, ce sera aussi son dernier. Il expliquait en partie pourquoi il attendrait six ans encore avant de revenir vivre dans son pays. Les Ibsen s'installèrent ensuite pour quelques semaines à Molde, une petite ville située au bord du Romsdalsfjord, suffisamment protégée du vent du nord pour que la végétation y soit luxuriante. L'hôtel Alexandra où ils séjournèrent a pu servir d'ébauche au manoir de *Rosmersholm*. Avant de quitter la Scandinavie, ils firent halte à Bergen, ce qui donna l'occasion d'une amusante rencontre. Une certaine Fru Henrikke Tresselt vint le voir à son hôtel, un bouquet de fleurs à la main. Il la reconnut tout de suite, c'était Rikke Holst, devenue à présent mère de famille nombreuse. Il lui demanda si elle s'était reconnue dans l'un ou l'autre de ses écrits. Elle ne se voyait que dans le personnage de Fru Strawman cernée de ses douze enfants de *La Comédie de l'amour*. Quand il lui demanda pourquoi leur relation n'avait pas duré, elle lui rétorqua qu'il s'était enfui. « Oui, admit-il, en face des gens je n'ai jamais eu de courage. »

À partir d'octobre, les Ibsen emménagèrent dans un appartement à Munich, 32 Maximilianstrasse, à deux pas du café Maximilian qui redevint bientôt son port d'attache : ce fut leur dernière demeure à l'étranger, avant le retour à Christiania, en 1891. Peu après leur arrivée, ils apprirent que Sigurd avait obtenu son premier emploi rémunéré : il était affecté à la légation de Norvège à Washington, où il resta en poste les trois années suivantes. Leurs relations furent seulement épistolaires durant cette période, mais très intenses. Edvard Brandes raconte qu'il vit un jour Ibsen ouvrir une de ces lettres venant d'Amérique : il était si impatient de la lire que ses mains tremblaient en déchirant l'enveloppe.

La pièce qui va lui venir sous la plume sera, à nouveau, l'une des plus importantes, *Rosmersholm*. Elle s'inscrit, à l'analyse, parfaitement dans l'architecture générale de l'œuvre. De la même manière que l'on a pu dire que *Les Revenants* suggérait ce qui aurait pu advenir à Nora si elle n'avait pas rompu avec son milieu, et était donc une sorte de prolongement de *Maison de poupée*, Rosmer, dans *Rosmersholm*, illustre ce qu'aurait pu devenir Stockman après son échec d'*Un ennemi du peuple*. En même temps, comme le suggère Edvard Beyer[7], *Rosmersholm* entretient une relation très étroite avec *Les Revenants* : dans les deux, les ombres du passé envahissent les vivants, et finissent par les entraîner dans leur royaume.

Les notes préalables à l'écriture de la pièce (avec l'âge, Ibsen a de moins en moins détruit de documents préparatoires, comme s'il pressentait que les chercheurs en seraient férus) montrent que l'agent déclencheur a pu être, toujours à Molde, la rencontre avec le comte Snoilsky, un poète suédois qui avait fait très jeune, vingt ans auparavant, de brillants débuts en poésie. Son inspiration s'était tarie jusqu'à ce que, à l'approche de la quarantaine, il abandonne la carrière diplomatique, divorce et se remarie. Son ex-épouse était morte peu après de tuberculose et la bonne société tenait Snoilsky pour responsable de ce décès.

La seconde comtesse Snoilsky, qui était au demeurant la veuve d'un cousin de la précédente, produisit une très forte impression sur Ibsen, qui en fit part à Snoilsky dans une lettre où il admirait l'« esprit magnanime » de son épouse[8]. Est-ce là que l'auteur puisa la première impulsion de la création de Rebecca West, l'un de ses personnages les plus marquants ? On ne peut qu'y penser à la lecture de cette première esquisse des personnages, lorsque le titre de travail de l'œuvre était encore « Les chevaux blancs » :

> Lui, un personnage raffiné, aristocratique, qui a évolué vers un point de vue libéral et a été ostracisé par ses anciens amis et connaissances. Un veuf. A eu un mariage malheureux avec une femme mélancolique à moitié démente qui a fini par se noyer volontairement. Elle, la gouvernante de ses deux filles, émancipée, au sang chaud, un peu rude sous une apparence raffinée. Est considérée par leurs relations comme le mauvais esprit de la maison ; un objet de soupçon et de commérages[9].

Le thème se développera, finissant par donner un drame de la conscience, une lutte de cerveaux et de tempéraments comme il en est peu dans le répertoire. Edvard Brandes, une fois encore, en prit la juste mesure, dans un concert critique qui dans l'ensemble ne comprit pas la portée de l'œuvre. Il la compara à *Crime et châtiment*, et en vanta les mérites auprès de Strindberg. Celui-ci, qui se montrait volontiers hostile à Ibsen, écrivit que la pièce était « inintelligible au public de théâtre, mystique aux yeux des semi-éduqués, et claire comme le cristal à quiconque avait une connaissance de la psychologie moderne ». Il était lui-même très concerné par le thème du contrôle qu'un être peut exercer sur le mental d'un autre, qu'il traita dans sa pièce *Père*, dont il est révélateur qu'il n'en entamerait l'écriture que deux mois après la parution de *Rosmersholm*.

La pièce déconcerta, certains théâtres dévoués à Ibsen, comme celui de Copenhague, renoncèrent à la monter et là où elle le fut, elle ne rencontra guère de succès. À Christiania, elle ne tint l'affiche que dix soirs, situation fâcheuse pour Ibsen qui avait, ce qui ne lui était pas coutumier, accepté d'être payé au pourcentage plutôt qu'au forfait. Ibsen attribua cet échec à la difficulté de distribuer les comédiens qui convenaient dans les rôles centraux. Pour Rebecca en particulier, il avait les recommandations les plus précises : « Rebecca ne doit se montrer en aucun cas impérieuse ou masculine. Elle ne force d'aucune façon Rosmer à avancer. Elle s'insinue seulement. Un pouvoir contrôlé, une détermination tranquille sont l'essence de son personnage. » Il fallut attendre le XXe siècle pour que des interprètes s'avèrent à la hauteur des rôles de Rosmer et de Rebecca. Peut-être parce que Freud, dans l'intervalle, les avait élucidés ?

Rosmersholm marque une rupture importante dans l'œuvre : c'est la dernière pièce où la politique est traitée de front, à travers les hésitations de Rosmer qui ne sait s'il va repartir au combat. Les thèmes, désormais, vont s'intérioriser radicalement. Selon l'expression de Michael Meyer, ce sont « les trolls intérieurs, non les trolls extérieurs » qui détermineront les destinées des personnages désormais.

La pièce suivante, *La Dame de la mer*, qui devait au départ s'intituler « La Sirène », l'illustre bien. Elle est imprégnée d'embruns, parce qu'elle fut longuement méditée au bord de la mer, une fois encore. L'été 1887, les Ibsen ne se rendirent plus en Norvège, avec laquelle une nouvelle rupture avait été consommée, mais au Danemark, sur le littoral, bien entendu. Ibsen qui, au cours des trente-six premières années de sa vie, avait toujours vécu dans des ports, ressentait fortement l'attirance du milieu marin. À Rome, à Munich, à Berlin, cela lui manquait de plus en plus. Il lui arrivait, à Rome, d'aller rendre visite à un certain peintre, pour la simple raison qu'il était spécialisé dans les marines. Une femme peintre, Hélène Raff, lui en avait offert une un jour et il l'avait remerciée avec effusion : « J'aime ma mer, lui avait-il écrit, votre tableau met mes sentiments et ma pensée en rapport avec ce que j'aime. »

Ils se rendirent donc à Saeby, une petite station peu touristique du Jylland où ils restèrent six semaines. Le paysage y est très différent des côtes norvégiennes : la vue sur la mer n'est pas entravée par les montagnes, les îles et les fjords. C'est la mer libre, « ouverte » comme il disait, devant laquelle il restait des heures à méditer et à prendre des notes. Le sujet qu'il avait en tête ne pouvait qu'être nourri par cette contemplation. Il s'agissait d'une femme attirée irrésistiblement par les flots. Comme celle qu'il connaissait fort bien depuis une trentaine d'années : Magdalene Thoresen, la belle-mère de Suzannah. Qu'il ait songé à elle est attesté par le fait que, dans un premier temps, Ellida, le personnage central de la pièce qu'il préparait, devait s'appeler Thora. D'origine danoise, Magdalene avait passé sa prime jeunesse sur l'île de Herö, où son père, un ancien marin, tenait un cabaret. Elle y avait pris l'habitude de se baigner quotidiennement dans la mer, ce qu'elle continua de faire jusqu'à un âge très avancé. Un professeur avait été frappé par ses facultés, et l'avait encouragée à poursuivre des études à Copenhague. Elle y avait vécu une passion dévorante avec Grimur Thomsen, un poète finlandais qui, comme elle le confia à son amie Johanne Luise Heiberg, l'avait fait « se courber à terre sous sa formidable volonté démoniaque ». Après la rupture avec son amant, elle était devenue la gouvernante, puis l'épouse du pasteur Thoresen, à qui elle avait demandé de considérer l'épisode Thomsen « comme une lettre close, de faire comme si tout le reste était effacé. Il l'a fait ».

Ibsen avait imaginé au départ qu'à l'instar de Thoresen l'ancien pasteur Rosmer avait également deux filles. Il avait abandonné cette idée pour la réutiliser dans *La Dame de la mer*. On ne peut qu'en déduire que Magdalene Thoresen a décidément beaucoup occupé l'imaginaire de son gendre. Mais il a replacé toutes ces informations d'origine familiale dans une perspective dramatique très puissante. D'abord en choisissant, à la différence de ce qui se passe dans les six pièces qui précèdent, de faire se dérouler toute l'action au grand air : on se trouve dans une station balnéaire où tout est déterminé par la proximité de la mer. Cette mer qui attire Ellida Wangel parce que le marin qui la hante, et qui fut son amant jadis, a été apporté par elle. Elle implore son mari : « Sauve-moi de moi-même ! Cet homme est comme la mer. »

À la différence de Rebecca, elle est sauvée, car Wangel a la force et l'intelligence de la laisser libre de son choix, ce qui lui permet de s'émanciper seule de sa fixation. Sándor Ferenczi a écrit à Freud un an après la mort d'Ibsen : « Je médite un commentaire des œuvres d'Ibsen à la lumière de votre psychologie. Il est étonnant de voir tout ce qu'il a pressenti. On pourrait comparer, par exemple, *La Dame de la mer* au traitement psychanalytique d'une représentation obsessionnelle[10]. » En intégrant cette intuition magistrale dans un contexte où mythe, symbole et folklore sont absorbés par une forme de quotidienneté, Ibsen a donné là une de ses œuvres les mûres et les plus poétiques à la fois. La pièce ne fut guère mieux comprise en Scandinavie que *Rosmersholm*. Mais Ibsen, en 1888, l'année de ses soixante ans, avait de quoi être rasséréné face à l'accueil de son œuvre à l'étranger. William Archer avait fait paraître à Londres dans les Camelot Classics un ensemble de trois pièces (l'une d'entre elles, *Un ennemi du peuple*, avait été traduite par Eleonor, la fille de Karl Marx) préfacé par Havelock Ellis, qui consacra, dans son premier essai qui parut un an plus tard, *The New Spirit*, plus de quarante pages à Ibsen. Il était convaincu que les idées d'Ibsen sont « de la sorte qui pénètrent les esprits lentement, mais sûrement, et finissent par être proclamées sur la place publique ».

La même année, le comte Prozor, un diplomate lituanien qui avait épousé une nièce de Snoilsky, faisait paraître à Paris ses traductions françaises de *Maison de poupée* et des *Revenants*. Après l'Allemagne et l'Angleterre, Ibsen allait conquérir la France.

Un monstre en forme de femme

Hedda Gabler, à la fois l'une des plus illustres et certainement la plus mystérieuse des pièces d'Ibsen, parut en 1890, au début de décembre, selon la tradition. Elle fit un effet comparable à celui des *Revenants*, neuf ans auparavant. Elle jeta tout un chacun dans la consternation. Suzannah n'en fut pas étonnée, elle savait que son mari avait d'ordinaire une dizaine d'années d'avance sur l'opinion lorsqu'il exprimait l'une de ses intuitions. Avec *Hedda Gabler*, cela mit beaucoup de temps, l'on peut même dire que la pièce n'est toujours pas élucidée aujourd'hui, ce qui explique d'ailleurs qu'elle continue de passionner les gens de théâtre un peu partout, et qu'elle intrigue, embarrasse, gêne, indigne tout autant le public.

Des mises en scène de *Hedda Gabler*, il s'en programme sans désemparer, même si la pièce est réputée ardue et ingrate. En quelques mois, en 2004, elle a été représentée trois fois à Paris : au Marigny dans une mise en scène de Roman Polanski, à l'Odéon jouée par Isabelle Huppert, à l'Athénée dans une production du Théâtre Jean-

Vilar de Louvain-la-Neuve. Philippe Sireuil, auteur de cette dernière mise en scène, avait été frappé chez Hedda par « sa capacité d'insoumission bridée par la peur du scandale qui se manifeste par des sursauts abrupts semblables à des caprices d'enfant ».

Deux caractéristiques distinguent cette œuvre des autres pièces qu'écrivit Ibsen : la somme toujours inépuisée de gloses qu'elle a engendrée — et dont Joan Templeton a fait, à ce jour, la meilleure synthèse —, et la difficulté que l'on éprouve à la mettre en connexion avec la biographie de l'auteur.

Hedda Gabler fait l'effet d'une sorte de météorite, inattendu bien que prévisible. Hans Heiberg part de l'idée qu'elle vient compléter une panoplie de portraits de femmes. Avec Nora, Hélène Alving, Ellida et Rebecca West, dit-il[1], il a portraituré des femmes confrontées à des drames profonds, mais de taille à les affronter parce qu'elles sont « optimistes par nature, débordent de tempérament et d'énergie, et disposent de toutes les possibilités permettant une vie sexuelle normale dans d'autres circonstances ». Il les différencie de Hedda qui, selon lui, est « porteuse d'un signe négatif dans sa vie sexuelle ».

Qu'est-ce qui, au moment de l'écriture de la pièce, a pu rendre Ibsen particulièrement sensible à ce genre de préoccupation ?

On s'attarde beaucoup à ce propos sur la rencontre qu'il fit, l'été 1889, à Gossenssas, sa villégiature de prédilection, de la très jeune Émilie Bardach. Il était au sommet de sa gloire, on venait d'inaugurer une statue le représentant sur une place de la station, qui allait s'appeller Ibsenplatz, et elle fut fascinée par ce géant littéraire qui lui apparaissait comme un petit homme vieillissant, timide et farouche. Ils se firent des signes discrets, se rapprochèrent l'un de l'autre, tandis que Suzannah, un peu alertée mais tolérante, et la mère de la jeune fille s'entretenaient par ailleurs. Ibsen fut troublé par cette admiratrice de dix-huit ans, prolongea leurs relations durant quelques mois par voie épistolaire, risqua quelques confidences à des amis sur ce qu'il appela « un amour de mai au septembre de la vie », puis mit un terme à cette relation très « innocente ».

Il se trouve qu'après la mort d'Ibsen, mais toujours du vivant de Suzannah, Émilie Bardach publia les lettres qu'elle avait reçues de lui, ce dont se félicita Georg Brandes, qui avait un jour comparé cette idylle à celle qui avait lié, au crépuscule de sa vie, le vieux Goethe à Marianne von Willemer, parallèle plutôt bien accueilli par l'intéressé.

L'abondance de commentaires qu'a suscitée cette correspondance s'explique par le fait qu'elle est la seule à être disponible. Les époux Ibsen, qui s'écrivaient énormément, étant souvent séparés, décidèrent en revanche d'un commun accord de ne rien laisser de leurs échanges épistolaires à la postérité ; même si sa divulgation est exceptionnelle, la relation Ibsen-Bardach ne doit cependant pas être mésestimée. Elle en annonce d'autres qui lièrent l'auteur, pratiquement jusqu'à la fin, à quelques très jeunes femmes, dont certaines servirent de modèles à des personnages de ses pièces ultimes. La plus présente d'entre elles est la pianiste Hildur Andersen, qu'il fréquenta beaucoup après son retour en Norvège. Contrairement à Émilie Bardach, elle ne tint pas à ce que des traces demeurent de leurs rapports.

Après son retour à Munich, Ibsen revit une autre jeune femme qu'il aurait pu croiser à Gossensass, et qui avait été la confidente d'Émilie Bardach. Elle s'appelait Hélène Raff, deviendrait plus tard peintre et romancière. Elle chercha le contact avec lui, et arpentait patiemment la Maximilienstrasse dans le but de le rencontrer. Elle fut exaucée, mais peut-être déconcertée, car Ibsen l'invita aussitôt à prendre le thé en compagnie de sa femme. Il lui écrivit peu après qu'il aurait aimé avoir une fille comme elle. On voit que dans *Solness le constructeur* elle a influé sur la conception du personnage de Hilda, même si l'œuvre s'élabora pour une grande part dans le cadre d'un dialogue épistolaire très intense avec Hildur Andersen, dont aucune lettre n'a été conservée. Ibsen fut un jour très clair dans sa réponse à Hélène qui lui demanda ce qu'il lui trouvait : « Vous êtes la jeunesse, mon enfant, la jeunesse personnifiée, et c'est quelque chose dont j'ai besoin, qui est lié à ma production, à mon écriture. »

Si Émilie Bardach fut souvent, dans les analyses de l'œuvre, étroitement associée à la genèse de *Hedda Gabler*, c'est en raison de la proximité de dates de leur rencontre et de l'écriture de la pièce. Une confidence à son traducteur allemand Julius Elias, lorsqu'il était venu à Berlin pour la première de *Hedda Gabler*, en février 1891, est fréquemment invoquée pour orienter les commentaires en ce sens. En dînant avec lui au champagne avant de prendre le train pour Munich, il aurait parlé à Elias d'une jeune Viennoise qu'il avait rencontrée au Tyrol, où elle passait des vacances avec sa mère. Elle lui aurait dit que peu lui importait de se marier un jour avec un jeune homme bien sous tous rapports, mais qu'en revanche elle trouvait plaisant de prendre leur mari à d'autres femmes ou du moins de le leur emprunter. Elle était comme un petit rapace qu'il avait aimé examiner de près, dit-il à Elias, mais qui n'avait pas réussi ses menées avec lui. « Moi, par contre, je l'ai prise dans une pièce. Elle doit s'être consolée avec un autre. » Rien, dans cette confidence, ne permet de garantir précisément qu'il parlait de Bardach et de « Gabler ». N'empêche qu'elle valut à Émilie Bardach une réputation de voleuse d'hommes.

L'étude de la genèse de la pièce indique qu'elle fut longue et pénible, Ibsen dut même renoncer à ses vacances de 1890 pour la mener à bien. S'il avait été moins occupé, il aurait pu se rendre à Londres où eut lieu, le 18 juillet, un événement majeur. Ce jour-là, George Bernard Shaw, jeune romancier sans succès de trente-quatre ans et toujours attelé à sa première pièce (il ne termina sa *Maison des cœurs brisés* qu'en 1892), tint, dans le cadre de la Fabian Society dont il était l'un des animateurs, une conférence sur *Maison de poupée*. Les considérations qu'il développa ce soir-là au St. James' Restaurant servirent d'ébauche à son essai *La Quintessence de l'ibsénisme*. Elles s'inscrivaient dans un cycle sur le socialisme dans la littérature contemporaine, et orientèrent le point de vue du monde anglo-saxon sur Ibsen. Cet ouvrage, selon Michael Meyer, « rendit à Ibsen le grand service d'attirer l'attention sur son œuvre, mais fut l'un des livres les plus trompeurs sur un grand écrivain jamais écrits[2] ». Il n'en demeure pas moins une lecture éblouissante du travail d'Ibsen, tel que Shaw avait pu en prendre connaissance à travers les traductions de Gosse et d'Archer.

La conférence de Shaw incita un correspondant du *London Daily Chronicle* à interroger Ibsen sur ses opinions politiques. Le compte-rendu de cette interview recueillie à Munich fut si tendancieux qu'Ibsen jugea utile de faire une mise au point sur ses opinions :

> Quand le reporter me fait dire que je n'appartiens pas au Parti social-démocrate, j'aurais préféré qu'il n'eût pas omis de mentionner que j'ajoutai clairement que je n'ai jamais appartenu et n'appartiendrai sans doute jamais à aucun parti. En d'autres termes, il m'est devenu une nécessité de n'opérer qu'en total indépendant.
>
> Ce que j'ai exprimé en fait était ma surprise que moi, qui ai fait ma tâche principale de décrire des personnages humains et des destinées humaines, sois arrivé sur certains sujets — sans en avoir eu consciemment et délibérément l'intention — aux mêmes conclusions que celles où étaient arrivés les moralistes et philosophes de la social-démocratie par leurs études scientifiques.
>
> Cette surprise — et, je l'ajoute, ce plaisir —, je les ai exprimés lorsque le journaliste me dit que quelqu'un, ou quelques-uns, avaient donné des conférences qui, d'après sa relation, avaient été largement consacrées à *Maison de poupée*[3].

Malgré ces quelques diversions, Ibsen arriva à fournir le texte de *Hedda Gabler* à son éditeur à la mi-novembre, de sorte que la pièce puisse paraître le 16 décembre. En Scandinavie, on peut dire que l'accueil fut mitigé. À Christiania, le *Morgenbladet* parla de « phantasmagorie sinistre, un monstre créé par l'auteur en forme de femme, sans modèle dans le monde de la réalité », l'*Aftenposten* déplora que « le dessin psychologique obscur, bizarre et insane, et la navrante impression de vide laissée par ce tableau de mœurs sont ici plus marqués que jamais », ce qui n'empêcha pas les représentations au théâtre d'être assez nombreuses. À Copenhague, en revanche, le spectacle fut un fiasco, ce qu'un critique favorable à Ibsen explique par le fait que son public, essentiellement féminin, n'appréciait pas qu'il eût l'air d'être devenu un ennemi des femmes. Edvard Brandes plaça l'événement à son juste niveau : « La nouvelle pièce d'Ibsen est débattue de par le monde. Il y a aujourd'hui deux ou trois auteurs qui mobilisent les esprits quand une œuvre quitte leur table de travail — Tolstoï, Zola —, mais un roman ne frappe pas l'esprit et n'exige pas une réponse comme une pièce. » Et il ajouta, tout en ne portant pas lui-même de jugement net sur l'œuvre : « On peut la lire et la relire, et l'on découvre de nouvelles merveilles. »

En Allemagne, il en alla autrement : à Berlin, à Munich, les premières donnèrent lieu à de très vives controverses. Chaque fois, Ibsen était applaudi à tout rompre par ses partisans, plus nombreux, et sifflé par ses adversaires, ce qui ne fit que renforcer le succès. Et les autres capitales européennes suivirent de près : le 2 avril 1891, au Vaudeville Theatre de Londres, le public se montra favorable et la presse massacrante. Le 17 décembre de la même année, *Hedda Gabler* fut créé à Paris au Vaudeville, avec Mlle Brandès dans le rôle-titre. Francisque Sarcey, le critique du *Temps*, qui fit longtemps barrage à la réception d'Ibsen en France, interpella l'actrice dans son article : « Non, tu n'as pas été bonne, ma pauvre enfant. Ah ! pour ça, fichtre non !... Mais console-toi, personne n'aurait été meilleure que toi[4]. »

Ibsen devenu ennemi des femmes ? La remarque laisserait entendre que l'auteur ait voulu émettre un jugement sur le comportement d'Hedda, ce dont il s'est toujours défendu : « J'ai tenté de décrire des gens, de les décrire aussi exactement que possible et avec autant de détails que possible, rien de plus. » Le portrait en pied d'Hedda est complet. Née dans un milieu aristocratique déchu, très marquée par un père officier qui lui a légué le goût des armes et des chevaux, elle a éconduit, jadis, un jeune intellectuel, Lovborg, dont la nature extravagante et les tendances à la débauche l'effrayaient. Elle a épousé un autre universitaire, méticuleux et effacé, Tesman, qui pendant le voyage de noces dont ils viennent de rentrer s'est plus occupé de ses recherches que de son épouse. Il semble ravi de retrouver la maison qu'il a aménagée pour elle, et sur laquelle règne une tante très maternante.

Lovborg réapparaît, il s'est concentré sur ses études grâce à une amie de Hedda, Thea, qui a tout quitté pour se dévouer à lui. Il devient un rival sérieux pour Tesman dans son parcours universitaire, d'autant qu'il a terminé une thèse brillante sur l'avenir de la culture. Hedda va inciter Lovborg à retomber dans ses anciens écarts, et détruire son ouvrage. Un juge à la retraite, attiré par Hedda, la soumet à un chantage pour s'assurer ses faveurs. Lovborg, convaincu qu'il a égaré l'œuvre de sa vie, se blesse mortellement dans un cabaret avec le pistolet que Hedda lui a confié. Se servant de l'autre arme héritée de son père, Hedda se tire une balle dans la tête.

En se tuant, Hedda a probablement tué un enfant : celui qu'elle porte. En détruisant le manuscrit que Lovborg a pu écrire avec le concours de Thea, elle murmure : « Maintenant je brûle, brûle votre enfant. » D'où lui vient cette morbidité ? C'est celle de Madame Bovary, d'Anna Karenine, de Mademoiselle Julie. Elle incarne un mal de vivre féminin typique de l'époque, que les critiques, en grande partie masculins, n'ont pas voulu admettre et où les femmes ont refusé de se reconnaître. Parmi les hypothèses que contenaient les travaux visionnaires de Lovborg, il y avait — les notes préparatoires d'Ibsen l'indiquent — l'hypothèse d'une relation entre l'homme et la femme fondée sur la camaraderie, d'où pouvait émerger une personnalité nourrie de spiritualité, qui rejoint confusément le « troisième royaume » invoqué dans *Empereur et Galiléen*.

On pourrait voir en Hedda une Nora d'avant la maternité, qui observerait, dans son probable état de grossesse, vers quel monde elle s'achemine, où la femme est de toute façon la servante de l'homme, et où les hommes se partagent en rêveurs égoïstes (Lovborg), en ronds-de-cuir ternes (Tesman) et en jouisseurs cyniques (Brack). Le vrai modèle, la figure du père, dont Hedda porte toujours le nom (Gabler est l'anagramme d'Alberg, le nom d'une Munichoise dont Ibsen avait appris qu'elle s'était donné la mort pour des motifs similaires), n'est plus présent qu'en effigie, au-dessus du piano, les deux éléments du décor très précisément décrits par Ibsen près desquels Hedda s'efface du monde. La pièce, comme le résume Joan Templeton, raconte « les deux derniers jours où une femme coincée déploie des efforts de plus en plus dérisoires pour vivre une vie qu'elle méprise et prend la décision conséquente d'y mettre fin[5] ». Strindberg, qui était convaincu qu'Ibsen s'était inspiré de lui pour Lovborg, en déduisait que le « vieux » sentait qu'il allait « hériter de sa couronne ». Considérant que Hedda n'était rien d'autre que la bâtarde de ses propres personnages, Laura dans *Père* et Tekla dans *Créanciers*, il en conclut qu'il avait fertilisé Ibsen et écrivit à un ami : « Maintenant il porte ma semence et est mon utérus ! »

Le retour du génie prodigue

En août 1891, la grande décision est prise : Ibsen met un terme à vingt-sept années d'exil et s'en revient au pays. Dans un premier temps, il ne parle que d'un voyage jusqu'au cap Horn, parce que sa femme et son fils, qu'il n'avait pas accompagnés à l'époque, en étaient revenus enchantés. Suzannah renoncera à l'accompagner, et préférera se reposer dans la région de Valdres. Lui jouira de ce paysage féerique, mais ne quittant jamais le bateau, il n'entreprendra aucune excursion dans l'intérieur des terres. Au retour à Christiania, il s'installe au Grand Hôtel, dont le café demeurera son quartier général jusqu'à la fin de sa vie, puis il annonce clairement à Jacob Hegel, qui a repris les affaires de son père à la tête des éditions Gyldendal, qu'il a loué un appartement à Victoria Terrasse, un luxueux immeuble sur le port. Quelles sont les raisons de ce repli sur la Norvège, de la part de quelqu'un qui avait si souvent menacé de ne plus y revenir ou, au cas où il déciderait de renouer avec la Scandinavie, de donner plutôt la préférence au Danemark ?

Ibsen voulait être proche de son fils, qui menait un combat de plus en plus décidé en faveur d'une autonomisation de la Norvège. Au sein des Affaires étrangères, il avait pu ressentir, tant à Washington qu'à Vienne où il avait été en poste, que la Norvège était tenue pour quantité négligeable par les services suédois. Il sentait qu'il allait devoir se battre, quitte à abandonner la carrière et à mener sa stratégie propre. Ibsen souhaitait l'accompagner dans ce combat dont il pressentait sans doute qu'il pouvait avoir d'importantes conséquences. Effectivement, la scission du ministère en une aile suédoise et une aile norvégienne, dont Sigurd serait l'un des principaux artisans, fut l'un des précédents qui conduisirent, en 1905, à la scission entre les deux pays.

Une autre séparation semblait menacer, quoiqu'elle ne se produisît jamais. Henrik et Suzannah Ibsen ne s'entendaient pas bien. Leurs tempéraments avaient toujours été très entiers, mais ils avaient à présent de plus en plus besoin d'autonomie eux aussi. Et ils pouvaient mieux adopter le mode de vie parallèle qui leur convenait en choisissant Christiania pour base.

De plus, le vœu secret d'Ibsen était de retrouver plus facilement une jeune femme qui fût plus que le flirt prolongé qu'il avait partagé avec Émilie Bardach. Hildur Andersen a représenté bien davantage pour lui, leur amitié amoureuse a duré neuf ans. Il l'avait rencontrée enfant, quand il était revenu en Norvège, en 1874. Âgée de dix ans seulement, elle était la petite-fille de Hélène Sontum, sa logeuse à

Bergen, à laquelle il était resté profondément attaché. Dix-sept ans plus tard, il la retrouva à Christiania, elle était devenue pianiste. Elle tint lieu de dame de compagnie, avec laquelle il se rendait au théâtre et aussi aux concerts, malgré son peu d'intérêt pour la musique. Une de leurs premières sorties les mena à une conférence de Knut Hamsun qui, au nom de la nouvelle génération littéraire, incendiait les aînés, Ibsen en tête. La principale cible de ses réquisitoires suivit deux de ses interventions, assis au premier rang, ce qui ne fit qu'attiser la rage de Hamsun, qui démolissait surtout ses prédécesseurs parce qu'ils ne plongeaient pas assez loin dans les tréfonds de l'âme humaine. Il était plutôt ironique de reprocher cela précisément à Ibsen, dont l'œuvre allait donner tant de grain à moudre aux psychanalystes. La pièce à laquelle Ibsen s'attela en 1892, *Solness le constructeur*, est née pour une grande part de la relation entre Ibsen et Andersen, et permet aussi de mesurer de quoi se nourrissaient leurs échanges, faute d'avoir accès à leur correspondance.

Un événement intime, mais aux multiples résonances, se produisit au printemps. Sigurd tomba amoureux de la fille de Björnson. Il fréquentait beaucoup le rival de son père, qui était très admiratif de ses articles et conférences sur l'évolution de la Norvège. Björnson avait toujours été beaucoup plus proche de la politique active qu'Ibsen. Il avait également mieux réussi dans des fonctions directoriales, qu'il s'agisse de diriger des journaux ou des théâtres. À présent, en cette dernière décennie du XIXe siècle, il sentait que les temps étaient mûrs pour émanciper définitivement son pays de la Suède. La pensée de Sigurd rejoignait pleinement la sienne. Aussi l'invitait-il régulièrement dans sa propriété d'Aulestad, au nord de Christiania. C'est là que se revirent Sigurd Ibsen et Bergliot Björnson, et que se concrétisa la prédiction de Caroline, la mère de Bergliot qui, trente-six ans plus tôt, à Bergen, nous l'avons vu, avait pronostiqué qu'elle aurait une fille, que son amie Suzannah aurait un fils et qu'ils se marieraient un jour.

Cela ne se passa pas sans mal. Björnson avait peu apprécié qu'Ibsen, depuis son retour au pays, ne lui ait pas fait signe. Sa renommée internationale, bien plus vaste que la sienne, ne l'enchantait pas davantage. Il écrivit à sa fille une lettre dont l'incohérence reflétait la douleur : « Tu es bien trop jeune pour comprendre tout le mal que m'a fait Ibsen. Je pourrais passer l'éponge sur tout cela. Mais il est venu en Norvège sans se rappeler à mon souvenir. On ne peut en tirer qu'une conséquence : il ne veut pas avoir affaire à nous. Soit ! Mais je veux moi aussi parler de lui sans me gêner et dire franchement ce que je pense de son attitude et de ses dernières œuvres. Et maintenant, qu'on m'épargne toute critique. Je ne me suis pas plaint d'Ibsen, ni envers toi ni envers les autres. Tu peux raconter toutes ces choses telles quelles à Sigurd. Il est si intègre et si brillant que je suis heureux chaque fois que je le vois[1]. »

Le jeunes gens ne dévièrent pas de leur projet. Le mariage eut lieu le 11 octobre 1892, après qu'Ibsen eut mis la dernière main à sa pièce *Solness le constructeur*. Björnson avait envoyé aux Ibsen un faire-part très protocolaire. Il ne leur proposait pas de loger dans sa propriété, où se dérouleraient les réjouissances, mais leur retenait une chambre au très confortable hôtel Victoria de Lillehammer tout proche. Il avait appris que Suzannah tenait absolument à une cérémonie religieuse, mais insistait pour qu'ils y soient présents, car ni sa femme ni lui, pour des raisons de principe, ne comptaient s'y rendre.

La bénédiction fut donnée en fin de compte dans le bureau de Björnson, probablement pour que l'assistance ne remarque pas l'absence du père du marié. Ibsen avait prétexté un malaise pour ne pas devoir quitter Christiania. Suzannah s'était fait accompagner par son frère, le juge Herman Thoresen. Tout le monde s'accorda néanmoins à dire que ce fut une très belle fête. Lorsque, le 6 décembre suivant, Björnson eut soixante ans, Ibsen lui envoya un carton avec ces simples mots : « Henrik Ibsen vous envoie ses meilleurs vœux pour votre anniversaire. » Il avait autre chose en tête : six jours plus tard, sa nouvelle pièce, *Solness le constructeur*, était en librairie.

Solness est un grand architecte. Il a tout sacrifié à son métier, à commencer par sa femme Aline, qu'il n'a pas laissée s'épanouir, alors qu'elle exerçait la même profession, et qui se morfond à jouer avec des poupées. Le dilemme du choix entre l'art et la vie parcourt l'œuvre d'Ibsen de bout en bout, on le sait, mais dans sa tétralogie finale, il va revêtir une gravité supplémentaire. On trouve au cœur des quatre dernières pièces un créateur, un penseur, un homme d'action ayant atteint l'âge où la question de l'engagement de toute l'existence devient littéralement obsédante. Chez Ibsen, tout porte à croire que tel était le cas et que la pièce est pour une large part une confession. Il se présentait souvent d'ailleurs comme un constructeur, parce qu'il accordait une importance considérable à la structure de ses pièces. À quelqu'un qui, le voyant observer attentivement des bâtiments à Christiania, lui demandait si l'architecture l'intéressait, il avait répondu un jour : « Oui, c'est, comme vous le savez, mon métier. »

Autre indice du caractère autobiographique de l'œuvre : il campa dans *Solness*, comme sur le vif, deux personnages transposant des êtres qu'il venait de rencontrer ou de retrouver. Qui est ce jeune Brovik, fils d'un confrère dont Solness a jadis entravé le parcours, sinon un autre Knut Hamsun ? Quant à cette Hilde Wangel, qu'on a déjà vue dans *La Dame de la mer*, puisqu'elle est la plus jeune des filles du docteur Wangel, et qui rappelle à Solness qu'il lui a promis un royaume il y a dix ans, elle est évidemment le reflet de Hildur. Sans cela Solness et elle chériraient-ils une date mythique de rencontre, le 19 septembre, qui est aussi celle qu'Ibsen et Hildur tenaient pour leur anniversaire intime ?

Les étapes de la carrière d'architecte de Solness ont été comparées, notamment par William Archer, à l'évolution de l'œuvre d'Ibsen. Il s'est fait une réputation en dessinant des lieux de culte, ce qui correspond aux pièces philosophiques et historiques du début (*Les Prétendants à la couronne*, *Brand*), puis il a voulu construire des demeures pour les hommes, ce qui renvoie aux pièces sociales et réalistes (de *Maison de poupée* à *Hedda Gabler*), à présent il forme le vœu d'édifier des châteaux sur les nuages, et l'on songe à ses pièces ultimes, dont *Solness* est la première, et dont la dimension symbolique est indéniable, même si Ibsen s'en défendait.

Que la rencontre d'Émilie Bardach, puis d'Hélène Raff, enfin et surtout de Hildur Andersen l'ait aidé à prendre cette orientation est indiscutable. Il avait écrit dans l'album de Bardach, à Gossenssas, trois ans auparavant : « Oh, joie haute et douloureuse — de lutter pour l'inaccessible ! » On était à l'époque en pleine effusion symboliste dans toute l'Europe. Paul Fort venait de fonder à Paris le théâtre d'Art, pour y jouer Maeterlinck. C'est dans cet esprit que le 16 décembre de la même année, Lugné-Poe, encore élève au lycée Condorcet où il animait déjà la troupe des Escholiers, monta *La Dame de la mer* devant un public de condisciples, parmi lesquels le très jeune Marcel Proust. Ibsen, qui se vanta de n'avoir jamais pu lire *Pelléas et Mélisande* jusqu'au bout, mit en garde Lugné-Poe contre les tentations symbolistes. Il avait été bien inspiré de prendre au sérieux la première tentative du jeune homme : Lugné-Poe devint son meilleur porte-parole en France. Et fut, quelques années plus tard, le premier acteur à donner une interprétation satisfaisante du rôle de Solness, alors qu'il n'avait que vingt-quatre ans ! Ibsen le vit dans le rôle, à la faveur d'une tournée du théâtre de l'Œuvre en Norvège. Il suivit la représentation avec passion. Après le spectacle, il accueillit Lugné-Poe au Grand Hôtel, se dirigea vers lui, lui prit les mains et lui dit : « J'ai assisté à la résurrection de ma pièce ! » Il lui confia les droits de son œuvre théâtrale en langue française et intervint auprès d'Oscar II pour qu'il fût décoré. Cette médaille en or rendit un service insigne au théâtre de l'Œuvre, écrivit par la suite Lugné-Poe dans ses souvenirs sur Ibsen[2]. Chaque fois que des problèmes financiers se posaient au théâtre, elle était mise en gage et les tirait d'embarras !

En Angleterre, Ibsen était porté aux nues par des gens de théâtre et des intellectuels également passionnés, et piétiné par les critiques des grands journaux, qui le vilipendaient à chaque occasion. Le censeur de Sa Majesté, de qui dépendaient les autorisations de représentation, avait eu un verdict accablant : « J'ai étudié les pièces d'Ibsen très soigneusement, avait-il décrété en cette même année 1892, et tous ses personnages m'apparaissent moralement dérangés. Toutes les héroïnes sont des célibataires insatisfaites qui aspirent au mariage comme à la loterie, ou des épouses aussi insatisfaites dans un état chronique de rébellion. Quant aux hommes, ce sont tous des canailles et des imbéciles. » Ce n'était pas l'avis de Henry James, dont les chroniques ne figuraient malheureusement pas dans les gazettes à grand tirage, non plus que de

George Bernard Shaw, l'inconditionnel, ou d'Oscar Wilde, qui venait de se convertir à l'ibsénisme. Sans illusion sur l'opinion dominante, Shaw écrivit à Elizabeth Collins, la championne d'Ibsen sur les scènes londoniennes, dans la nuit qui suivit la première de *Solness* au Trafalgar Square Theatre le 20 février 1893 : « On ne peut pas dire ce que les journaux vont sortir demain matin, je préfère donc vous envoyer mon certificat de parfait succès de la pièce en ce qui me concerne. Elle m'a pris et ému du début à la fin[3]. » Qu'on ne croie pas pour autant qu'Ibsen ne touchait en Grande-Bretagne qu'une élite : au cours des quatre années précédentes, il s'était vendu en librairie plus de cent mille exemplaires de ses pièces, tirage exceptionnel pour une édition théâtrale.

Ibsen mit une nouvelle pièce en chantier. Il avait d'autant plus de temps que Hildur poursuivait sa formation de violoniste à Vienne, et qu'il était donc moins tenté de se rendre au théâtre ou au concert. L'écriture de *Petit Eyolf* prit seulement quelques semaines, ce qui peut s'expliquer par le mode de vie encore plus casanier que d'ordinaire qu'il adopta à Christiania. Il réduisait autant que possible les visites chez lui, parce qu'elles fatiguaient beaucoup Suzannah, il se rendait rituellement à la taverne du Grand Hôtel, surtout pour lire les journaux. Il ne recevait personne le soir, et se rendait de temps en temps à un dîner lorsque l'invitation lui plaisait. Il tint beaucoup, par exemple, à être le cavalier de Camilla Collett lorsque la grande féministe fut fêtée par un banquet à l'occasion de ses quatre-vingts ans. Il adhéra à la Société norvégienne des gens de lettres qui venait de se créer, et fut le premier écrivain notoire à le faire, ce qu'il regretta amèrement par la suite. Lorsque ses hôtes avaient des enfants, comme son médecin traitant, le docteur Sontum, qui était un cousin de Hildur, il aimait s'attarder auprès d'eux, partager leurs jeux et leur raconter des histoires. Un peintre de ses amis surprit même un jour, en pleine rue, son fils de trois ans en grande conversation avec Ibsen.

Il n'est donc pas si étonnant que le protagoniste du *Petit Eyolf* soit un enfant, un enfant infirme. S'est-il souvenu de son frère cadet Nikolaï, de six ans son cadet, qui avait gardé une faiblesse de la colonne vertébrale, en raison d'une chute dans son âge tendre causée par la négligence d'une bonne ? Émigré en Amérique, il y était mort gardien de moutons. Un autre personnage de la pièce, la « femme-aux-rats », celle qui entraîne Eyolf vers la mort, remonte aussi à un souvenir de Skien, parce qu'une de ses tantes portait ce sobriquet. Eyolf n'est pas longtemps présent dans la pièce, il meurt avant la fin du premier acte, mais il est le catalyseur de la mésentente entre ses parents, l'écrivain Alfred Allmers, en train d'écrire un traité sur la responsabilité humaine, et sa femme Rita.

Petit Eyolf est comme une déclinaison de *Solness*. À l'origine, Ibsen avait voulu mettre davantage l'accent sur les déchirements entre Solness et sa femme après la mort de leurs enfants, mais la confrontation avec la jeune Hilde avait déplacé l'axe de l'œuvre. Ici, tout démarre après la noyade d'Eyolf, qui exacerbe la culpabilité de ses parents, parce que son invalidité était déjà la conséquence d'un accident dû à leur manque de vigilance. Eyolf était tombé d'une table tandis qu'ils faisaient l'amour.

C'est leur amour qu'ils interrogent. Allmers, parce qu'il était attiré par la sensualité de Rita, s'est éloigné d'Asta, qu'il croit être sa demi-sœur. Rita, parce qu'elle mesure que l'attirance qu'Allmers a exercée sur elle et qu'elle ne ressent plus à présent l'a empêchée d'être une mère. L'un et l'autre ne trouvent finalement une façon de subsumer leur malheur qu'en se dévouant pour les orphelins de marins.

Le livre devait paraître le 11 décembre. Il fit l'objet d'un lancement médiatique savamment dramatisé. Un journaliste du *Politiken* de Copenhague avait réussi, en se glissant dans les imprimeries de Gyldendal, à avoir accès aux épreuves, dont il rendit compte dans le journal. L'attente des lecteurs n'en fut que plus fiévreuse : ils se réunirent en foule au port de Christiania, pour accueillir le bateau qui apportait les volumes du Danemark. Ils durent attendre longtemps, car la brume avait ralenti la traversée...

Avant la fin janvier, on en avait déjà vendu près de 14 000 exemplaires, qui avaient aussi été expédiés en Italie, en Angleterre, en Russie, en Roumanie, en Grèce, en Turquie... Car les admirateurs d'Ibsen dans tous ces pays allaient jusqu'à apprendre le norvégien pour pouvoir le lire dans le texte. Ibsen écrivit le 20 décembre à Suzannah et à Sigurd, qui avaient fui les rigueurs de l'hiver norvégien à Munich : « J'ai été terriblement occupé, comme vous pouvez l'imaginer. L'enthousiasme est énorme, unanime comme il ne l'a jamais été. » Dans la lettre suivante, il se réjouit du cadeau que Bergliot lui a fait pour Noël. Elle lui a offert une éponge de bain. Il s'en sert, dit-il, avec le plus grand plaisir.

Comme un train de chiens eskimo

Suzannah demeura un an loin de Christiania, le plus souvent en Italie, dans des villes d'eaux où elle soignait ses rhumatismes et son arthrite. Sigurd, quelquefois, allait la rejoindre. Elle ne supportait pas l'appartement de Viktoria Terrasse. Il était humide, lugubre, et infesté de souris. Ibsen faisait plutôt bon ménage avec elles. Le soir, il leur déposait, dans la pièce qui jouxtait sa chambre, une soucoupe de lait avec un peu de pain et elles le laissaient tranquille, disait-il. Mais il avait compris que s'il ne trouvait pas une nouvelle habitation, Suzannah risquait de prolonger son absence. Et, à Christiania, on commençait à jaser bien que, privé de Hildur, il n'eût pour toute visite féminine que sa bru Bergliot, qui venait déjeuner avec lui le dimanche midi.

La première de *Petit Eyolf* au Deutsches Theater de Berlin n'avait pas été concluante, pas plus que *Solness*, d'ailleurs : les Allemands trouvaient que son théâtre manquait de réalisme. Il ne savait qu'en penser, d'autant qu'en Norvège la pièce avait fait deux fois plus de recettes que *Hedda Gabler* et *Solness*. Les droits d'auteur lui permirent, sans se priver de rien, toujours sur le conseil de son éditeur, de bons investissements en Bourse, et même d'acquérir un tableau qui, bien en vue dans son bureau, devint son compagnon jusqu'à la fin de ses jours : un portrait grand format de Strindberg par le peintre suédois Christopher Krohg. Aux visiteurs qui s'étonnèrent souvent de cette étrange promiscuité avec un auteur qui ne lui avait épargné ni les critiques ni les sarcasmes, il répondait que cela l'aidait de travailler sous le regard de ce fou dont il aimait « les yeux démoniaques ».

Lui-même passait des heures à poser pour des peintres ou des sculpteurs. Il aimait la conversation des artistes, qu'il interrogeait beaucoup sur les femmes. Erik Werenskiold, qui fit de lui plusieurs portraits célèbres dont un le représente hilare, raconta que chaque fois qu'il abordait le sujet, il le fixait comme un oiseau de proie et ne l'autorisait à se taire que lorsqu'il avait tout dit sur la question.

Le 21 juin 1895, il put annoncer à Suzannah qu'il avait trouvé l'appartement qui convenait, comme il le lui avait promis, et tenant compte de ses conditions draconiennes : « Tu ne supportes pas qu'il soit au rez-de-chaussée parce que le sol est trop froid, ni trop à l'étage, à cause des escaliers. » Il était situé au coin d'Arbiensgate et du boulevard Drammen, face aux jardins du Palais royal, et abrite aujourd'hui le musée Ibsen. En attendant le retour de Suzannah, il l'aménagea avec l'aide de Hildur, revenue de son séjour viennois. Sa promenade quotidienne, depuis son domicile jusqu'au Grand Hôtel, en passant par le théâtre et l'esplanade du centre de la ville, devint une attraction pour touristes. Les curieux regardaient passer le monument vivant, en redingote, haut de forme et bottines vernies, les abondants favoris, comme chargés d'électricité, entourant son visage rosé, les yeux perçants cerclés d'or par ses lunettes. Très attentif à sa coiffure, il avait placé un miroir au fond de son chapeau, et vérifiait son coup de peigne en scrutant son couvre-chef...

Suzannah revint à l'automne et sembla s'accommoder de leur nouvelle installation. Lui se concentrait sur sa nouvelle pièce, qu'il composa sans désemparer. Il était tellement convaincu qu'il préparait quelque chose d'important qu'il hésitait à faire le moindre déplacement. « J'aurais trop peur qu'une tuile me tombe sur la tête avant que j'aie écrit la dernière ligne », confia-t-il à Georg Brandes. Le 21 juin, il envoyait le texte de « John Gabriel Borkman » à Jacob Hegel en lui disant : « Je crois que nous allons en tirer l'un et l'autre de grandes joies. »

Le 12 novembre, Lugné-Poe assura la création de *Peer Gynt* en français. Bernard Shaw en rendit compte. Il en conclut que *Peer Gynt* allait « clouer le bec aux anti-ibsénistes, parce que Peer est le héros de tout le monde. Il a le même effet sur l'imagination qu'ont eu Hamlet, Faust et le Don Juan de Mozart ». Si Ibsen avait été là, la même soirée aurait réuni trois géants de l'écriture dramatique : Ibsen, Shaw et, dans le rôle du Vieil

Homme des Montagnes, Alfred Jarry qui jouait sous pseudonyme et était le secrétaire du théâtre de l'Œuvre !

Selon la tradition, *John Gabriel Borkman* sortit de presse pour les fêtes. Pour la première fois peut-être depuis *Maison de poupée*, on sentit à nouveau souffler le vent du chef-d'œuvre. Georg Brandes trouva la pièce superbement construite, « comme bâtie en acier sur des fondations de granit ». Edvard Munch, le peintre, qui allait graver le très beau portait d'Ibsen pour la création française au théâtre de l'Œuvre, eut cette image magnifique : « C'est le plus puissant paysage de neige de l'art scandinave. »

John Gabriel Borkman est un fils de mineur qui est devenu directeur de banque. Il a cru se protéger de la justice en abandonnant la femme qu'il aimait, Ella, à un avocat dont il voulait s'assurer la protection, et en épousant sans amour Gunhild, la sœur jumelle d'Ella. Mais celle-ci a éconduit Maître Hinkel qui s'est vengé en révélant les malversations dont Borkman s'est rendu coupable. Il a passé plusieurs années en prison et, depuis, s'est cloîtré sous les combles de sa maison, écoutant obsessionnellement la *Danse macabre* de Saint-Saëns.

Ibsen s'est inspiré de scandales financiers qui défrayaient la chronique, et s'est peut-être souvenu que, dans *Les Piliers de la société*, il avait édulcoré le portrait de Bernick, l'affairiste qui finissait par se fustiger en public. Il a peut-être aussi retrouvé le souvenir lointain, remontant à ses études, d'un intendant militaire de bonne famille qui, condamné aux travaux forcés pour détournement de matériel, avait, après sa libération, vécu complètement reclus chez lui. Le personnage a pu lui être revenu à la mémoire parce qu'il avait rencontré à diverses reprises sa petite-fille chez Hildur Andersen.

Pierre Georget La Chesnais a bien montré que les pièces d'Ibsen s'engendrent les unes les autres[1]. *Les Revenants* pose la question, après *Maison de poupée*, de ce qui pourrait se passer si la femme restait auprès du mari indigne. Après *Petit Eyolf*, qui fustige l'égoïsme des parents par rapport à leur enfant, *Borkman* montre un fils qui donne la priorité à ses propres valeurs sur celles que la génération précédente veut lui imposer. Car Erhart, fils de Borkman et de Gunhild, ne veut ni, comme sa mère l'attend de lui, sauver l'honneur de la famille, ni consoler sa tante Ella qui s'est posée comme sa seconde mère. Il veut, tout simplement, vivre, et s'y emploie dans sa passion pour Mme Wilton. En optant ainsi pour l'amour, il fait implicitement le procès de son père qui a sacrifié le sien à une réussite trompeuse.

On a pu percevoir dans *John Gabriel Borkman* des échos de la pensée de Nietzsche. Tout porte à croire qu'Ibsen, rétif à la lecture philosophique, ne connaissait rien de lui de première main. Mais ses idées étaient dans l'air. Edvard Brandes avait écrit sur lui, et Ibsen suivait de près tout ce qu'il faisait. Lou Andreas-Salomé, qui avait publié un essai sur les figures féminines dans son œuvre, devait également, elle qui était si proche de Nietzsche, l'avoir alerté par ses écrits sur la pensée de l'auteur d'*Ecce Homo*. De toute manière, on peut voir dans *Borkman* une critique acerbe de la volonté de puissance.

Borkman, qui prend volontiers des attitudes napoléoniennes et qui vit entouré de meubles Empire, est un conquérant au petit pied. Des quatre personnages centraux de la tétralogie finale, qu'Ibsen conclura avec *Quand nous nous éveillerons d'entre les morts*, il est le plus pathétique parce que le plus dérisoire : il n'a même pas, comme l'architecte Solness, le philosophe Allmers ou le sculpteur Rubik dans la pièce ultime, l'alibi de la vocation artistique, même s'il a des expressions lyriques pour décrire l'exploitation de gisements qui ne lui a pas apporté la fortune qu'il escomptait : « J'avais le pouvoir ! Et puis, l'incoercible vocation qui était en moi ! Les millions enchaînés étaient là dans tout le pays, au fond des fjelds, et m'appelaient ! Ils criaient vers moi pour être libérés ! Mais personne n'entendait ces cris. Il n'y avait que moi. » Avec lui, on nage dans le matérialisme exalté. Ce qui fait de lui, hélas, un personnage moderne. Il est l'anti-Brand par excellence, puisqu'il n'agit pas par idéalisme, seulement par âpreté et intérêt, qui, sanctionnés, se mueront en ressentiment contre les autres et lui-même.

Ibsen, qui garda toute sa vie un fond anarchiste et une méfiance viscérale à l'égard de l'autorité (que ne venaient contredire que deux de ses manies : son sens de l'économie et son goût des décorations, compensations d'une jeunesse misérable et humiliée), n'a pas d'indulgence pour Borkman présenté comme un tyran dévastateur. La poignée de main qu'échangent les sœurs jumelles par-dessus son cadavre figure les congratulations de forces libératrices par-dessus un despote renversé.

La pièce eut deux premières quasi simultanées à Christiania. Celle qui eut lieu au théâtre de la ville fut précédée de quelques jours par la production qu'en assura August Lindberg à Drammen, à une cinquantaine de kilomètres de la capitale. C'était une façon, de la part d'Ibsen, de marquer sa reconnaissance à cet acteur et animateur de grand talent qui l'avait toujours défendu contre vents et marées. Il avait été le premier, quinze ans auparavant, à oser monter *Les Revenants* en Norvège. Des trains spéciaux amenèrent les spectateurs impatients à Drammen.

Dès le 15 janvier 1897, Henry James fit ce commentaire dans le *Harpers' Weekly* de New York :

> Ibsen m'emplit d'une extraordinaire curiosité, et chaque fois qu'il donne sa note il me semble que le miracle se renouvelle [...]. L'arrière-plan est de toute façon le coucher de soleil sur la glace. À l'avant-scène, l'Ego se heurte à l'Ego, l'âme affronte l'âme avec la rigueur de la passion — un spectacle, un mouvement aussi profilés que des silhouettes de papier noir ou un train de chiens eskimo dans la neige.

Cette même saison, une demi-douzaine de pièces d'Ibsen seront jouées à Londres.

Ibsen ne put vraiment apprécier ces succès, parce que les problèmes de son fils lui causaient trop de soucis. Sigurd avait donc abandonné la carrière diplomatique, s'activait beaucoup comme essayiste et conférencier, et avait posé sa candidature à une chaire de sociologie que l'université de Christiania n'avait pas encore créée. Durant l'année académique précédente, avec l'accord du *Storting*, il avait fait une série de conférences sur des problèmes de société dans un auditorium de l'institution, et Ibsen n'en avait manqué aucune, s'installant chaque fois au premier rang pour marquer son soutien à son fils. Ses prestations n'avaient pas été jugées concluantes par le jury qui devait décider de leur développement au niveau d'un enseignement régulier.

Ibsen, révolté, écrivit à Björnson :

Si toutes les voies se ferment pour Sigurd, je ne vois pas ce que je fais encore ici. J'ai vécu assez longtemps à Munich pour pouvoir me faire naturaliser en Bavière, où je suis sûr d'être bien accueilli. Et je dois dire qu'il n'est pas facile d'avoir la Norvège pour patrie.

Suzannah avait été très affectée elle aussi par cette décision, qu'elle analysa dans une lettre à Bergliot :

La vérité est que le talent de Sigurd, avec son point de vue européen, ne convient pas à leur point de vue académique. Il est étranger et ne leur plaît pas, comme celui de son père, qu'ils n'ont accepté que lorsque le monde entier l'eut acclamé. Nous ne devons rien à la Norvège et toute cette mesquinerie et étroitesse d'esprit m'arrache des larmes. Ils barrent toutes les routes à Sigurd[2].

Ibsen se prit à rêver de se retirer au Danemark, entre Copenhague et Elseneur, face à la mer…

« Ma terre natale est ici, parmi les fjords, confia-t-il à Edvard Brandes, mais, mais, mais où vais-je trouver mon foyer ? » Trop âgé sans doute pour se déraciner encore, il ne mit pas ces projets à exécution. Il est vrai que, l'année suivante, il allait avoir soixante-dix ans.

Nulle part chez lui

Les débuts de l'année 1898 furent marqués par l'imminence de l'anniversaire, l'un des plus spectaculaires auxquels un écrivain ait eu droit. Car le paradoxe d'Ibsen, c'est que, s'il eut très souvent le sentiment d'être mal compris, il fut l'objet, à partir de la quarantaine, d'hommages de tous ordres, auxquels il était d'ailleurs fort sensible. Mais pour cette année jubilaire, on frôla souvent la saturation.

Parmi ceux qui organisèrent un tel déploiement de cérémonies, se trouvait son éditeur Gyldendal. La maison avait tout lieu de marquer sa reconnaissance à un auteur qui avait rendu sa renommée universelle, et avec lequel elle venait de conclure un contrat léonin : la cession de tous ses droits d'édition jusque cinquante ans après sa mort, pour un montant forfaitaire de deux cent mille couronnes, qui seraient versées en dix ans. Les pays scandinaves n'ayant pas signé la convention de Genève sur les droits d'auteur, qui avait aboli cette pratique, les auteurs concernés (Björnson fut traité de la même manière) ne virent dans cette méthode que le signe de la confiance de leur éditeur dans la pérennité de leur succès. Ibsen avait eu la prudence d'exclure les droits de représentation de ses pièces de la convention, parce que son éditeur s'en serait bien emparé également.

Il dut s'organiser en vue des réjouissances. Comme il allait devoir voyager à travers tous les pays nordiques, il s'assura les services d'une sorte d'aide de camp, Nils Vogt, rédacteur au *Morgenbladet*. Il devait veiller à tout. Obtenir, par exemple, qu'Ibsen pût prendre ses repas dans les trains, alors qu'ils étaient encore dépourvus de wagons-restaurants. Il détestait se restaurer dans les buffets de gare.

Le 20 mars, les télégrammes, fleurs et cadeaux se mirent à déferler dans l'appartement de l'Arbiengate. Toute la famille était présente pour les recevoir, y compris Tancrède, le fils de Sigurd et de Bergliot, qui n'avait que cinq ans. On apporta dès le matin un service en argent serti dans un écrin de palissandre, offert par ses admirateurs anglais. Parmi les signataires du livre d'or qui l'accompagnait, il y avait Edmund Gosse et William Archer bien sûr, ses plus fidèles propagandistes et traducteurs dans le monde anglo-saxon, mais aussi Thomas Hardy, Henry James, George Bernard Shaw, Arthur Pinero, J. M. Barrie, l'auteur de *Peter Pan*, et aussi Asquith, le futur Premier ministre. Ibsen était tellement touché par ce geste que, toute la journée, il montra le cadeau aux délégations qui se succédaient dans son appartement, en énumérant chaque fois les donateurs. Un volume d'hommages réunit des contributions d'innombrables auteurs scandinaves, à l'exception notoire de Strindberg qui, quelques mois plus tard, demanda qu'on l'en excuse auprès d'Ibsen : « Strindberg est honteux qu'en tant que plus important auteur suédois il ne se soit pas associé à l'hommage au Maître, dont il a tant appris. Mais il était en état de dépression et ne pensait pas que son hommage aurait honoré ou réjoui qui que ce soit. »

Dans la rue, les admirateurs s'attroupaient, attendant qu'il se montre au balcon, comme s'il était une figure princière. De temps en temps, il y faisait une apparition, et renonça à ce que Suzannah figure à ses côtés. Il avait insisté pour qu'elle reçoive les vivats avec lui. « Non, disait-elle, tu dois y aller seul. » De même, lors des nombreux galas théâtraux où ils durent se rendre, elle refusa toujours de partager la loge d'honneur. Il aurait fallu, le soir du 20 mars, qu'ils eussent le don d'ubiquité pour répondre à toutes les invitations : deux premières à Christiania, deux à Copenhague, trois à Stockholm, quatre à Vienne et six à Berlin.

Il y eut aussi, dans plusieurs de ces villes, des marches aux flambeaux et de grands banquets. Le premier se tint à Christiania, au cours duquel Ibsen prononça le plus significatif de ses discours de circonstance. Il y fit part de son intention d'écrire un « livre qui unisse ma vie et mon œuvre en un tout explicatif », qu'il considérait comme « un travail de vacances par comparaison avec l'énervante et harassante construction dramatique ». En dehors de quelques pages écrites sur ses débuts, il ne mit jamais vraiment son projet à exécution. Il compara le climat intellectuel de ses débuts avec celui de cette fin du XIXe siècle. « Quel silence et quel vide on avait autour de soi dans ce temps-là ! Combien les quelques lutteurs pour la même cause étaient dispersés, sans cohésion, sans lien entre eux ! Bien souvent, je pouvais avoir l'impression, lorsque j'étais au loin, que je n'avais jamais été ici. Et mon action pas davantage. »

Il comparait ce contexte avec celui que connaissaient les jeunes auteurs à présent :

> Mais aujourd'hui ! Aujourd'hui on a beaucoup de monde autour de soi. De jeunes talents sûrs du succès sont venus. Ceux-là n'ont plus à produire pour un cercle restreint. Ceux-là ont un public, toute une foule à qui parler, à qui communiquer leurs idées et leurs sentiments. Qu'ils rencontrent opposition ou adhésion, cela revient à peu près au même. C'est seulement la sourde oreille, le refus d'écouter, qui sont fâcheux. Je l'ai bien senti[1].

Il s'adressait par là à la nouvelle vague, menée par Knut Hamsun, en regrettant de n'avoir pas eu suffisamment de contact avec eux. Il en aurait profité, dit-il, pour lever un malentendu, notamment l'idée qu'« un sentiment de bonheur sans réserve serait lié à la rare destinée de conte qui a été la mienne, d'obtenir nom et célébrité en de si nombreux pays ».

Il fit là un aveu qui éclaire l'inspiration de ses dernières pièces, et en particulier de l'ultime, qui lui resterait à écrire, et du désenchantement qui les habite.

Ce réel bonheur intime, dit-il, n'est pas une aubaine ; ce n'est pas un cadeau. Il faut l'acquérir à un prix qui est souvent assez lourd. Car voilà le fait : c'est que celui qui a gagné un foyer en de si nombreux pays, celui-là, au fond de lui-même, ne se sent nulle part tout à fait chez lui, pas même dans son propre pays natal.

Il termina, vu les circonstances, sur une note plus optimiste, considérant cette soirée comme un point de départ, et se réjouissant qu'autour de lui se réunissaient toutes les opinions : « Je n'ai plus le sentiment d'être regardé comme poète d'un parti. D'un parti ou de l'autre. Un poète doit avoir autour de lui tout son peuple — soit par adhésion, soit par opposition. Et ainsi l'idée de rassemblement progressera, vers de plus grands buts et de plus hautes tâches. C'est là mon espoir et ma foi. » Toujours cette hantise, depuis *Empereur et Galiléen*, du troisième royaume…

À son arrivée au Danemark, quelques jours plus tard, un de ses vieux amis, Peter Hansen, avec qui il avait fait le voyage en Égypte, et qui était à présent directeur artistique du théâtre de Copenhague, lui annonça qu'on lui avait décerné la Grand-Croix de l'ordre de Danneborg. Ibsen en fut d'autant plus flatté qu'il croyait être le premier Norvégien à l'avoir obtenue. Il déchanta lorsque à son arrivée à l'hôtel d'Angleterre de Copenhague on ne lui remit qu'une réplique de la décoration. L'usage était en effet que le bénéficiaire acquière l'original à ses frais. « Quoi !, s'exclama-t-il, ce n'est que du papier mâché ! » Le lendemain, lorsque les services protocolaires, embarrassés, vinrent lui apporter la médaille, ils s'aperçurent qu'Ibsen la portait déjà : il se l'était procurée à la première heure chez le joaillier de la Cour. Arriva ensuite le ministre de la Culture, porteur d'un troisième exemplaire de la si rare distinction.

La veille, Ibsen avait dû assister à une représentation du *Canard sauvage* dans la production canonique du Théâtre royal. Non seulement il l'avait déjà vue plusieurs fois, mais elle accusait des signes d'usure. Le rôle de l'adolescente Hedwig était toujours tenu par Betty Hennigs, qui avait maintenant quarante-quatre ans. Mais il aurait eu mauvaise grâce à se soustraire à cette épreuve : la loge royale rassemblait non seulement le roi et la reine, mais aussi leurs filles, la princesse de Galles et la tsarine de Russie. La soirée fut aussi une torture pour le directeur Hansen. Non seulement Ibsen n'avait pas apprécié qu'on lui inflige une version aussi défraîchie de sa pièce, mais Hansen avait intimé de façon tellement autoritaire à sa troupe de venir saluer l'auteur qu'aucun des grands rôles ne s'exécuta. Il ne put mobiliser que quelques jeunes acteurs et danseuses qui n'osaient rien lui refuser et qu'il présenta, faute de mieux, comme la relève pleine de promesses de la compagnie.

Hansen avait d'autres soucis encore : son acteur vedette choisit ce grand jour pour lui annoncer sa démission parce que sa femme n'avait pas été réengagée pour la saison suivante. Hansen, du coup, perdit son hôte d'honneur de vue. Au sens propre, d'ailleurs : Ibsen, traversant la place pour se rendre à l'hôtel d'Angleterre, fut littéralement submergé par la foule déchaînée. Bousculé en tous sens, il surgit hagard de la porte tambour de l'hôtel, le frac déchiré, le chapeau rejeté sur la nuque. Assoiffé, il n'avait rien pu boire durant l'entracte, et Hansen n'avait rien prévu pour l'après-spectacle. Comme l'éditeur d'Ibsen fit remarquer que le maître avait besoin d'un remontant, Hansen lui commanda, en catastrophe, un *smörbröd*, une bière et un verre d'aquavit.

Le lendemain devait avoir lieu le dîner de gala. Il n'avait pas été simple de trouver des intervenants parce que Edvard Brandes était en voyage et que les autres porteurs de toasts envisagés étaient trop engagés politiquement, soit à gauche, soit à droite. Le pauvre Hansen fut encore une fois mis à contribution. Il n'était pas meilleur orateur que gestionnaire et n'avait pas eu le temps de préparer grand-chose. Il se contenta de dire qu'Ibsen était un auteur de haut niveau parce qu'il lui avait régulièrement permis d'afficher complet.

Forcé d'improviser, lui aussi, Ibsen se souvint d'un autre 1er avril, trente-quatre ans auparavant, où il avait fait escale à Copenhague faisant route vers l'Italie. « Ce sentiment de passer des ténèbres à la lumière, d'émerger par un tunnel des brumes vers le soleil, je l'ai eu à nouveau, regardant la mer de la côte danoise. J'ai senti que ces deux voyages avaient comme une connexion secrète. » L'orateur suivant, le professeur Sophus Schandorph, était tellement ivre qu'il dut s'appuyer sur ses deux voisins, un comte et un évêque, et n'acheva pas son discours. Les convives, en plus, se sentirent lésés : ils avaient payé leur couvert très cher et se plaignirent de n'avoir pas mangé à leur faim. Le cuisinier, qui avait élaboré un menu particulièrement raffiné, s'estima incompris et démissionna quelque temps plus tard de son poste.

L'émotion artistique de ce séjour à Copenhague fut la représentation, au Dagmars Theatre, de *Brand*. Ibsen n'avait vu jamais la pièce sur scène. Elle était jouée par une jeune troupe dont l'animateur, Martinus Nielsen, avait veillé, le spectacle durant plus de cinq heures, à mettre l'auteur à l'aise. On avait prévu une collation dans sa loge, accompagnée de champagne, bière, whisky, café et liqueurs. Ibsen applaudit à tout rompre à la fin de chaque acte, dut plusieurs fois écraser une larme, tentant vainement de se contenir, disant à Ada Nielsen, la femme de l'animateur assise près de lui : « Je suis ému. C'est toute ma jeunesse. Je n'ai plus pensé à *Brand* depuis trente ans. » Il resta avec la troupe jusqu'à trois heures du matin. Il dit à Nielsen : « Vous avez montré Brand comme je l'ai vu. » Comme il se réjouissait que le texte n'ait pas été abrégé, on lui confessa qu'il avait été raccourci d'un tiers. Il voulut voir la brochure, le texte sur lequel avaient travaillé les acteurs, et dut se rendre à l'évidence : « Oui, je suppose que j'ai dû tout oublier », dit-il. Il ne put pas fermer l'œil de la nuit, tant il avait été impressionné. Ainsi que le suggère Michael Meyer[2], il s'est peut-être souvenu qu'il avait écrit à Edvard Brandes, à l'époque de l'écriture de la pièce, que Brand « aurait pu être aussi bien un sculpteur ou un homme politique qu'un prêtre ». Est-ce la raison pour laquelle Rubek est un sculpteur ?

L'étape suivante : Stockholm. On l'installa d'abord dans la meilleure suite de l'hôtel Rydbetrg, où on le laissa se reposer quelques jours. Le 9 avril, il était reçu par le roi Oscar qui lui décerna la Grand-Croix de l'Étoile du Nord. Le souverain les associa en assimilant leurs statuts : « Nous sommes rois l'un et l'autre », lui dit-il. Puis il lui fit part de ses réflexions sur son fils, sachant que le gouvernement norvégien envisageait de mettre en place son propre département des Affaires étrangères, dont la direction serait confiée à Sigurd. Il ne dissimula pas son inquiétude : « Il ne veut pas de moi comme roi de Norvège, dit-il, mais ça lui passera. Tant que sa femme ne fait pas de lui un radical et un agitateur... » Ibsen le rassura, disant que les idées de Bergliot n'étaient pas aussi extrêmes que celles de son père. Il fut moins conciliant au banquet du soir, où le roi lui dit qu'il n'aurait pas dû écrire *Les Revenants*, qui était une mauvaise pièce, mais qu'*Inger d'Ostraat*, en revanche, était une pièce excellente. Il y eut un silence, que la reine Sophie tenta de meubler, puis Ibsen s'écria : « Votre majesté, je "devais" écrire *Les Revenants* ! »

Le séjour à Stockholm se termina par une soirée organisée par deux associations féministes, indignées du fait que les précédentes manifestations n'avaient réuni que des hommes. Ibsen ne s'entretint pas beaucoup avec les deux présidentes, qui avaient pris place de part et d'autre de lui à la table d'honneur, mais fut très intéressé par l'une des danseuses d'un groupe folklorique qui s'était produit durant la soirée. Il la convia même à venir le saluer à la gare lorsqu'il reprendrait le train le lendemain, ce qu'elle fit. Et Rosa Fitinghoff entra dans sa galerie d'amours rêvées.

À Christiania, après son retour, la société norvégienne pour les droits de la femme voulut le fêter à son tour, et Suzannah, pour une fois, l'accompagna. Il y fit une mise au point importante :

> Il me faut refuser l'honneur d'avoir consciemment œuvré en faveur des droits de la femme. Je ne suis même pas sûr de savoir ce que sont les droits de la femme. Pour moi, ce fut une question de droits de l'homme. Et si vous lisez mes livres attentivement vous vous en rendrez compte. Il est évidemment souhaitable de résoudre le problème des femmes, mais cela n'a pas été mon seul objet. Ma tâche a été de faire le portrait d'êtres humains.

Un siècle s'achève, une page se tourne

L'œuvre qu'Ibsen mit en chantier en 1899, et dont l'élaboration fut la plus longue de toutes celles qu'il avait écrites, passe pour être son testament artistique. Il a beaucoup contribué à ce qu'elle soit considérée comme telle, puisqu'il la sous-titra « épilogue dramatique ». Lui-même relativisa la portée du terme, disant qu'il s'agissait de l'aboutissement d'un cycle qui commençait avec *Maison de poupée*. Mais la lecture attentive de *Quand nous nous éveillerons d'entre les morts* révèle des liens avec des textes plus anciens qui indiquent que l'on peut parler d'un accomplissement bien plus vaste. En premier lieu, le rapport avec *Brand*, qu'il a revu à Copenhague avec l'émotion que l'on sait, est manifeste. Les deux pièces se terminent par une avalanche et une citation sacrée : « *Deus caritatis* » d'abord, « *Pax vobiscum* » ensuite. Or, *Brand* pouvait être tenu par Ibsen lui-même comme sa première pièce pleinement personnelle. Celle, aussi, qui lui permit, par son retentissement, de s'imposer auprès du public, et de se professionnaliser comme écrivain.

On peut aussi relier *Quand nous nous éveillerons d'entre les morts* à l'œuvre initiale, *Catilina*, la tragédie écrite à Grimstad et publiée sous pseudonyme. Catilina y est déjà confronté à une femme, Flaminia, qui le met en question et est porteuse d'une arme. Au stylet de Flaminia répond le poignard d'Irène. Même si Ibsen n'a peut-être pas été conscient de cette relation, celle-ci indique combien cette « anatomie de soi-même », comme il appelait *Quand nous nous éveillerons d'entre les morts*, s'est développée organiquement en lui. On peut aussi considérer que cette pièce est tout simplement l'aboutissement de la tétralogie entamée avec *Solness le constructeur*. C'était l'hypothèse du comte Prozor, son premier traducteur en français, qui demanda à Ibsen son avis sur cette interprétation. Dans une lettre du 6 mars 1900, Ibsen répondit avec une certaine lassitude : « Vous avez, en somme, raison de dire que la série qui est achevée avec l'épilogue a vraiment commencé avec *Solness le constructeur*. Mais je suis peu disposé à m'exprimer plus à fond sur ce sujet. Je vous laisse le soin de tous les commentaires et interprétations. »

Le fait est qu'il est impossible de ne pas reconnaître en Rubek un double transparent de l'auteur. Cette fois, il ne dissimule plus les correspondances. Rubek est, d'abord, en tant que sculpteur, un artiste à part entière. Un artiste internationalement reconnu qui est revenu dans son pays, la Norvège, où il ne parvient pas à se sentir pleinement chez lui, ce qu'Ibsen a souvent avoué. L'évolution de son œuvre, telle qu'il la résume lui-même, peut être, comme *Solness* le laissait déjà entrevoir, mise en parallèle avec l'itinéraire d'Ibsen. Il a débuté dans l'idéalisme absolu, surtout dans son chef-d'œuvre de jeunesse, « Le jour de la résurrection », titre que du reste la pièce devait porter à l'origine. Puis il a opté pour un réalisme aux tendances satiriques, pour finir par s'introduire lui-même dans ses ouvrages, sur le thème du remords et du regret d'une vie gâchée.

Or, cette question du remords, comme le dit La Chesnais, « semble avoir été constamment à l'esprit d'Ibsen après son retour à Christiania[1] ». Solness s'accuse de l'incendie de la maison où périrent ses enfants, tout simplement parce qu'il a souhaité qu'elle fût détruite pour pouvoir la reconstruire. Allmers, dans *Petit Eyolf*, n'a pas le courage d'assumer pleinement la responsabilité de l'infirmité de son fils, mais travaille néanmoins à un ouvrage intitulé *Sur la responsabilité humaine*. Borkman, enfin, devrait être perclus de remords mais, peut-être parce qu'il a dû payer pour ses crimes, se donne lui-même l'absolution. Il est aussi le seul des quatre personnages centraux de la tétralogie finale dont la vie est un échec visible.

Rubek est donc très clairement un autoportrait décalé. « La vie artistique du sculpteur, selon La Chesnais, suit l'évolution de celle d'Ibsen, y compris des regrets, des reproches qu'il s'adressait, et qui l'empêchaient de jouir pleinement de sa gloire. » Il a substitué ce personnage à lui pour ne pas devoir écrire l'ouvrage autobiographique qu'il a envisagé à de nombreuses reprises, annoncé quelquefois, mais jamais mené à bien. La nécessité devant laquelle il s'était trouvé de revoir tout son parcours en supervisant l'édition de ses œuvres complètes en norvégien et en allemand l'a également mis en demeure de faire un bilan.

Un bilan dont la pièce contient la critique, d'ailleurs. Irène, dans son réquisitoire contre Rubek, montre combien il peut être aisé à l'artiste de se donner un satisfecit moral dans son œuvre : « Quand vous avez brisé quelques destinées humaines et tué ou estropié une âme ici ou là… selon vos propres besoins, vous vous présentez en contrition, remords et pénitence. Et ainsi le compte est réglé, liquidé. » La violence de cette attaque a pu trouver sa source dans les reproches qu'a adressés Laura Kieler à Ibsen pour s'être servi de ses difficultés personnelles dans *Maison de poupée*. Comme Irène avait jadis posé pour Rubek, elle avait été le modèle d'Ibsen, mais involontairement. Lorsque Irène dit à Rubek : « Tu as tué mon âme », elle répète une phrase que Kieler aurait textuellement adressée à Ibsen lors d'une entrevue qu'ils avaient eue en 1891, selon des déclarations qu'elle a faites après la parution de *Quand nous nous éveillerons d'entre les morts*.

L'écriture du premier acte lui prit plus de temps que jamais : cinq mois, de la fin février à la fin juillet 1899. Il était, d'après son entourage, dans un état d'exaltation et de fièvre créatrice presque inquiétant. Le 15 juin, il assista à un événement qui dut aussi l'inciter à regarder en arrière. On ferma le théâtre de Christiania, qui allait devenir, dès la rentrée suivante et après rénovation, le Théâtre national. On donna, en représentation finale, ses *Piliers de la société*. Il dut se rappeler, dans sa loge, devenu lui-même un pilier de la société, tous les épisodes de sa vie auxquels ce lieu était associé : refus de *Catilina*, création du *Tertre du guerrier*, années de galère lorsqu'il crevait de misère après la faillite du Théâtre norvégien, querelle autour des *Revenants*, et enfin programmation de toutes ses œuvres depuis lors. Avec la fin du siècle, une page essentielle de sa vie se tournait.

Il ne mit que le mois d'août à écrire le deuxième acte, avec Suzannah à ses côtés, qui avait renoncé à prendre les eaux en Italie, parce qu'elle sentait qu'il avait besoin d'assistance. Le troisième acte, le plus court de toute son œuvre, puisqu'il ne dure qu'un quart d'heure à la scène, demanda également un mois de travail. Mais il avait été requis, cette fois, par l'ouverture, le 1er septembre, du Théâtre national.

La nouvelle institution avait été confiée à Bjorn, le fils de Björnson, le frère de Bergliot. La grande question avait été le choix de la pièce d'ouverture : serait-elle d'Ibsen ou de Björnson ? Ibsen invoqua, dit-on, son droit d'aînesse. L'argument ne fut pas retenu. Il en alla de même du prix Nobel, qui fut attribué à Björnson en 1902 et n'alla jamais à Ibsen. La solution aurait pu consister à jouer un ouvrage bref de chacun d'eux, mais si Björnson avait écrit quelques pièces en un acte, Ibsen n'en avait aucune à son répertoire. Le compromis fut trouvé en programmant des extraits de Holberg, le « classique » norvégien du XVIIIe siècle. Les deux auteurs assistèrent au gala assis dans la même loge, mais séparés par une gigantesque composition florale. Avant le spectacle, on avait inauguré leurs statues, qui se dressent toujours aujourd'hui devant le théâtre, sur le modèle du monument qui réunit Goethe et Schiller devant le théâtre de Weimar. Sauf que Björnson et Ibsen, sur des piédestaux séparés, n'ont pas l'attitude sage et sereine des deux titans allemands : Ibsen a l'air de regarder ses pieds et Björnson, selon le commentaire peu confraternel d'Ibsen lui-même, semble participer à un concours de crachats. Il est vrai qu'il avait le droit d'être féroce à son tour : dans un mouvement de colère, bien avant qu'ils ne fussent liés par le mariage de leurs enfants, Björnson, qui avait un physique de Viking, avait traité Ibsen, dans une lettre à Edvard Brandes, de « troll sans poitrine ni derrière »...

Sigurd était le principal souci commun des deux hommes, et ils devaient partager au moins un sujet de satisfaction, puisque le gouvernement venait de le nommer à la tête du département autonome des Affaires étrangères norvégiennes. Autre plaisir, mais qu'Ibsen savoura seul : le 2 septembre, la soirée lui fut entièrement consacrée, avec une représentation d'*Un ennemi du peuple*, au cours de laquelle le public, debout, l'acclama au cri de « Vive Henrik Ibsen ! ». Tout le long du chemin jusque chez lui, où il s'en retourna à pied, il fut ovationné par une double haie de spectateurs.

Ces émotions l'avaient distrait de son travail, et il ne termina le texte de *Quand nous nous éveillerons d'entre les morts* que le 21 novembre. Ce jour-là, il ne mit pas seulement un point final à une pièce, mais à son œuvre. Gyldendal en sortit le 22 décembre, donc de justesse, douze mille exemplaires, et dut tout de suite faire réimprimer.

Edvard Brandes salua d'emblée la pièce comme un chef-d'œuvre. Son frère Georg fut très sensible à l'humeur qui l'avait inspirée : « Il insiste, comme dans *Solness*, sur ce que l'art et le génie coûtent à l'artiste et, spécialement, sur ce qu'ils coûtent aux autres. Il nous parle comme tout artiste, même le plus grand, parle dans les moments de désespoir et d'amertume. » Le meilleur écho vint une fois de plus d'au-delà de la Manche. « Sa magie n'a jamais été plus puissante. La pièce est plus courte que d'ordinaire, c'est tout », écrivit George Bernard Shaw. Un jeune critique, d'origine irlandaise lui aussi, donna libre cours à son enthousiasme : « Si parfaites que puissent être les créations antérieures d'Ibsen, on peut se demander si aucune de ces femmes atteint la profondeur d'âme d'Irène. En somme, la pièce peut compter parmi les plus grandes œuvres de l'auteur, si même ce n'est pas la plus grande. » Le signataire de ces lignes avait dix-huit ans. Il s'appelait James Joyce.

Une dame attend sous la neige qui tombe

Joyce procura à Ibsen la dernière joie littéraire dont il ait pu avoir conscience. Il est probable qu'il avait eu, en mars 1900, une première attaque cérébrale. Fin avril, il s'excusa auprès d'un ami de lui répondre si tardivement en lui expliquant que le médecin lui avait interdit l'usage de la plume et de l'encre, mais qu'à présent il l'avait autorisé à écrire de courtes lettres à ses relations les plus proches.

Au début du même mois avait paru à Londres, dans la *Fortnightly Review*, l'article où le très jeune Joyce se demandait si *Quand nous nous éveillerons d'entre les morts* n'était pas sa meilleure pièce. Joyce était étudiant à Dublin et avait eu connaissance d'une traduction française de l'œuvre ultime d'un auteur que la *Quintessence de l'ibsénisme* de Shaw lui avait fait connaître quelque dix ans auparavant : c'est dire si son « ibsénisme » avait été précoce. Le 20 janvier de la même année, il avait prononcé, devant un auditoire de l'University College, un exposé sur « Le drame et la vie » où il avait fait une large place à Ibsen et à sa façon de mettre en scène la vie réelle. Il avait proposé au directeur de la *Fortnightly Review* un article de synthèse sur son écrivain de prédilection. Il s'était heurté à un adversaire résolu d'Ibsen, qui avait cependant consenti à ce qu'il donne un compte-rendu de sa dernière pièce. Cette contre-proposition parvint à Joyce le matin de sa conférence : il y vit le signe que cette journée compterait dans sa vie. C'était la première fois qu'il verrait un texte de lui imprimé, et qu'il serait rémunéré : la somme de quinze guinées promise n'était d'ailleurs pas négligeable.

Le ton était emphatique : « On peut se demander si quelqu'un a jamais exercé une influence aussi forte sur la pensée moderne. » Sa connaissance des femmes le fascine : « Il y a, en fait, bien qu'il s'agisse d'un auteur éminemment viril, une curieuse part de sensibilité féminine dans sa nature. Et c'est peut-être à cette dualité que nous devons cette merveilleuse précision, ces légères nuances de féminité, cette délicatesse de touche rapide. Mais il est indiscutable qu'il connaît admirablement les femmes ; il semble avoir sondé leur cœur jusqu'à des profondeurs insondables. » Il va jusqu'à taxer la critique d'inutilité : « Henrik Ibsen est l'un de ces êtres exceptionnels devant qui toute critique ne peut faire que pâle figure. La seule critique valable, c'est l'appréciation, l'écoute. De plus, cette forme de critique qui se baptise dramatique n'apporte jamais rien à ses pièces. Quand l'art du dramaturge est parfait, tout critique est superflu[1]. »

Le texte tomba sous les yeux d'Ibsen. William Archer avait dû y veiller, et le 16 avril Ibsen lui fit savoir, tout en le remerciant un peu tard de la traduction de *Quand nous nous éveillerons d'entre les morts*, qu'il avait lu (« ou plutôt déchiffré », dit-il) un « article de Mr. James Joyce qui est très bienveillant et dont j'aimerais énormément remercier l'auteur, si j'avais une connaissance suffisante du langage… ».

Archer, cette fois, se fit le relais auprès de Joyce qui, le 28 avril, lui répondit : « Je suis un jeune Irlandais de dix-huit ans, et je garderai les mots d'Ibsen dans mon cœur toute ma vie. » Richard Ellmann, le biographe de Joyce, commente : « Avant la lettre d'Ibsen, Joyce était irlandais ; après cette lettre, il fut européen[2]. » Ibsen commença à hanter même ses rêves. Pour preuve, cette *Épiphanie* que Joyce écrivit dans les mois qui suivirent, et qui lui fut dictée par un songe :

> Mais le voici en personne, avec une jaquette à basques et un chapeau haut de forme à l'ancienne mode. […] Il marche à tout petits pas, faisant ressortir les basques de sa jaquette… Mon Dieu ! comme il est petit ! Comme il doit être très âgé et très vain… […] Mais il faut dire que c'est le plus grand homme au monde[3].

Joyce ne cesserait pas de célébrer Ibsen dans son œuvre, qui regorge d'allusions, notamment dans *Finnegans Wake*[4].

Au mois de juin, Suzannah et Henrik organisèrent leur été différemment. Suzannah retourna se soigner en Italie et Ibsen alla rejoindre le docteur Sontum, dont il ne voulait pas se séparer, de peur de ne pas avoir d'assistance en cas de nouvelle attaque, à Sandefjord, la station balnéaire où il officiait à ce moment, et où avait été située l'action de *Quand nous nous éveillerons d'entre les morts*. Il écrivit à sa femme qu'il fêterait tranquillement dans sa retraite deux anniversaires : celui de leur mariage (le 18 juin) et celui de Suzannah (le 26). Mais il eut une attaque d'érysipèle à la jambe gauche, et Suzannah revint aussitôt de sa cure. Il se rétablit, mais conserva une gêne à la jambe qui l'empêcha désormais de se rendre encore à pied de son appartement au Grand Hôtel en passant par la promenade Carl Johan. Le 19 septembre, il se souvint qu'il connaissait Hildur Andersen depuis neuf ans, et lui fit porter neuf roses avec ce message : « Neuf roses rouges pour vous, neuf années rouges-roses pour moi. » Vu son invalidité, il obtint du roi la clé de son domaine, auquel il avait accès par une grille située juste en face de son immeuble. Le 4 septembre, il envoya sa photo au docteur Sontum, avec un mot de reconnaissance pour les soins qu'il lui avait prodigués. Les enfants du médecin remarquèrent qu'il avait tracé des lignes au crayon, pour que son écriture soit bien régulière...

Il eut, l'hiver suivant, plusieurs petites attaques d'apoplexie qui entraînèrent une paralysie de sa main et de sa jambe droites ainsi que du côté droit de son visage. Il ne se déplaça plus qu'en calèche, dont le cocher était aussi son masseur et en somme son dernier confident.

On ne sait s'il put apprécier l'admirable lettre que Joyce lui adressa en mars 1901 à l'occasion de ses soixante-treize ans. Il l'avait rédigée en norvégien, qu'il avait appris pour pouvoir lire les œuvres de son idole dans sa langue, effort que fit aussi Thomas Mann, et pour les mêmes raisons. Dans sa lettre, Joyce insistait sur l'intimité de sa relation avec lui. Il avait écrit sur lui, l'avait commenté en public mais, insistait-il, « je n'ai jamais dit combien j'étais fier de ce que je pouvais obscurément entrevoir de votre vie, ni combien vos luttes m'inspiraient — non les luttes matérielles évidentes, mais celles qui se sont menées et gagnées derrière votre front ; combien votre résolution farouche d'arracher à la vie son secret me donnait du courage et combien vous marchiez, dans la lumière de votre héroïsme intérieur, absolument indifférent aux canons officiels de l'art, de l'amitié et des mots d'ordre ». On lit en filigrane combien Joyce s'était trouvé en Ibsen un modèle pour sa propre démarche d'écrivain. Ses salutations étaient de nature, si leur destinataire était encore en mesure de les apprécier, à le stimuler particulièrement : « Étant de la jeune génération pour laquelle vous avez parlé je vous salue — non humblement, parce que je suis obscur et vous dans la clarté, non tristement, parce que vous êtes un vieillard et que je suis jeune, non présomptueusement ni sentimentalement — mais joyeusement, avec espoir, avec amour[5]. »

À la fin de cette même année, une occasion fut manquée non pas d'honorer Ibsen, il l'avait déjà été tant et plus, mais de donner sa pleine envergure à un prix qui deviendrait la plus convoitée et la plus prestigieuse des distinctions littéraires : le

Nobel. Il fut décerné pour la première fois le 12 décembre 1901. Le comité désigné par l'Académie suédoise était présidé par Snoilsky. Il avait été convenu, semble-t-il, qu'il irait pour la première fois à un Français et à un poète : ce fut Sully-Prudhomme qui l'emporta. Les deux années suivantes, il couronna l'historien allemand Mommsen en 1902 et Björnson en 1903. Mais Ibsen n'était plus capable de s'indigner ni d'en être meurtri, son déclin étant à partir de là irréversible quoique fort lent.

Il s'accompagna du processus de découplage entre la Norvège et la Suède, auquel son fils fut très étroitement associé. En 1903, on envisagea de distinguer les consulats des deux pays de par le monde, tout en maintenant une direction unique des Affaires étrangères : c'était une solution que Sigurd, alors ministre, préconisait. Le 19 février 1903 parut dans l'*Örebladet* une interview d'Ibsen, la toute dernière. Un journaliste avait été admis chez lui, et avait pu recueillir des propos d'inspiration très scandinaviste.

Je suis un chaud partisan, lui dit-il, d'un groupement plus étroit entre les trois royaumes. Je crois qu'un tel groupement est non seulement désirable, mais même, on peut dire, nécessaire, si l'on a en vue un progrès et non un recul, j'irai même jusqu'à dire la simple existence et non le désastre. Les pays nordiques doivent se grouper pour la paix, pour le travail économique et culturel. Conflits et querelle entre eux est folie. Surtout en ces jours d'absurdes bruits de guerre, le moment est venu de souffler la poudre jetée aux yeux, et de travailler pour l'idée de groupement, pour la paix et l'unité[6].

Sigurd continuerait à œuvrer pour une séparation légale et constitutionnelle des deux pays. Lorsqu'il vit que cela risquait de se produire plus brutalement, il refusa de continuer à y être mêlé, et démissionna de son poste de chef de la partie norvégienne du gouvernement. « Je suis de ces hommes, dit-il à Bergliot, qui travaillent onze heures par jour, et puis qui voient les autres recueillir les fruits de son travail à la douzième heure. »

Cela permit au moins à Ibsen d'avoir son fils près de lui au cours des derniers mois de sa vie. Sigurd, à partir de là, s'adonna surtout à l'écriture et s'attela à un vaste ouvrage philosophique appelé *La Quintessence de l'homme*, qui le mobilisa de longues années. Son père s'en réjouissait, affirmant que Sigurd devait abandonner la politique, et poursuivre son œuvre. Lorsque le livre parut, il eut un grand retentissement, en particulier en Amérique. Eugene O'Neill le cita comme l'un des ouvrages qui l'avaient le plus marqué dans sa jeunesse. O'Neill était d'ailleurs un très grand admirateur d'Ibsen. De même, Tchekhov, réticent au début, finit par admettre qu'il était son écrivain préféré. Pirandello, lui, n'avait jamais hésité à le situer « premier après Shakespeare ».

Le jour des soixante-quinze ans d'Ibsen, Björnson vint le saluer, et rapporta à sa fille cadette qu'Ibsen avait pris sa main entre les siennes et lui avait dit : « C'est toi qui m'es le plus cher. » Georg Brandes eut aussi une dernière entrevue avec lui vers ce moment. Il trouva que la douceur l'emportait chez lui sur la sévérité de jadis, mais qu'il donnait avant tout une impression de faiblesse. Il ne fut d'ailleurs plus en état de s'occuper d'un volume final de ses œuvres complètes, ni de l'édition de sa correspondance, qui parut encore de son vivant, en 1904. Il s'exerçait cependant à écrire de la main gauche. « C'est étrange, dit-il à Suzannah, moi qui ai été un dramaturge, j'apprends maintenant à former des lettres, comme un enfant. »

Sa sœur Hedwig venait le voir de temps à autre, accompagnée de sa fille Anna, elles lui apportaient des gâteaux au miel et des raisins mûris dans des serres non loin de Skien. Christopher Bruun, qui avait été jadis le modèle de « Brand », venait lui parler de religion, et Ibsen l'écoutait, lui répétant régulièrement : « J'interroge surtout... » Il eut une nouvelle attaque ce printemps-là. Bientôt, il ne sortit plus du tout, mais marchait dans son appartement, et restait souvent debout devant la grande fenêtre de son bureau, d'où il regardait la circulation sur l'avenue Drammen. Les passants levaient la tête dans l'espoir de voir sa silhouette et lui faisaient signe.

En février 1906, ce fut le cas d'Eleonora Duse, la grande comédienne italienne, qui avait été une prodigieuse « Dame de la mer », et avait incarné d'autres de ses créatures féminines à travers le monde. Elle n'avait jamais visité la Norvège, et voulait rencontrer le dramaturge qui lui avait valu tant de triomphes. Lugné-Poe, qui l'accompagnait durant ce voyage, raconta qu'ils ne furent pas reçus, Suzannah estimant qu'Ibsen était trop faible pour supporter des visites. Ils se postèrent au coin de l'avenue Drammen, espérant qu'il apparaîtrait à sa fenêtre à midi, comme il avait la réputation de le faire. L'actrice avait enfilé des bottes, car il neigeait. Elle était désolée de ne pas voir l'homme pour lequel elle avait entrepris le voyage. Ils attendirent en vain.

Suzannah tenait à s'occuper de lui jour et nuit. Elle résista tant qu'elle put à l'insistance de Bergliot, qui voulait que l'on engageât une garde-malade. Il confia à sa femme : « Si tu meurs avant moi, je mourrai cinq minutes après. » Elle lui survivra jusqu'en avril 1914.

Ce ne furent pas ses dernières paroles. Comme il avait entendu, le matin du 23 mai, que quelqu'un disait qu'il allait mieux, il prononça très distinctement les mots : « Au contraire ! » Il mourut dans l'après-midi.

Suzannah fit ériger une simple colonne sur sa tombe, sans inscription, mais surmontée d'un marteau. Le marteau du mineur de fond.

ANNEXES

REPÈRES CHRONOLOGIQUES

1828. *20 mars* : naissance à Skien de Henrik Johan Ibsen, fils de Knud Ibsen et de Marichen Altenburg.

1835. À la suite de la faillite du père, la famille s'installe à demeure dans la ferme de Venstöp.

1843. *1er octobre* : Ibsen est confirmé dans l'église de Gjerpen. Il termine sa scolarité.

1844. *3 janvier* : il est engagé comme apprenti pharmacien à Grimstad, fonction qu'il exerce jusqu'en 1850.

1846. *9 août* : Else Sofie Jendatter, bonne du pharmacien, met un enfant au monde dont Ibsen est le père. Il ne la reverra jamais, mais reconnaît l'enfant, pour lequel il verse une pension durant quatorze ans. Se lie avec Christopher Due et Ole Schulerud.

1849. Il écrit sa première pièce, *Catilina*, sous le pseudonyme de Brynjulf Bjarme. Elle est imprimée aux frais de Schulerud.

1850. Se prépare à l'examen de « matriculation » préparatoire à l'université à Christiania. À l'école Heltberg, rencontre Aasmond Vinje et Björnstjerne Björnson. Il échoue à l'examen.
26 septembre : sa deuxième pièce, *Le Tertre du guerrier*, est montée au théâtre de la ville.

1851. Fonde avec Aasmond Vinje le journal *Andhrimmer*, auquel il collabore assidûment. Donne des cours à l'école du dimanche des Associations ouvrières, jusqu'à l'arrestation de Markus Thrane et de Theodor Abildgaard.
Fin octobre : le violoniste Ole Bull le fait nommer dramaturge au Théâtre norvégien de Bergen.

1852. *15 avril* : entame un voyage d'études de trois mois dans les théâtres de Copenhague, Berlin, Dresde et Hambourg.

1853. *2 janvier* : il fait jouer sa pièce *La Nuit de la Saint-Jean*. À la même date anniversaire de la création du théâtre, seront créées ses pièces suivantes : *Dame Inger d'Östraat* (1855), *La Fête à Solhaug* (1856), *Olaf Liljekrans* (1857).

1855. *7 janvier* : rencontre Suzannah Thoresen, avec qui il se fiance au printemps 1856.

1857. Nommé directeur artistique du Théâtre norvégien de Christiania.

1858. *18 juin* : épouse Suzannah Thoresen à Bergen.
24 novembre : création de *Les Guerriers de Helgeland*.

1859. Constitution du groupe des « Hollandais » avec, notamment, Paul Botten-Hansen.
23 décembre : naissance de son fils Sigurd, dont Björnson est le parrain.

1862. *24 novembre* : création de *La Comédie de l'amour*. Faillite du Théâtre norvégien de Christiania. Ibsen est sans emploi.

1863. Il est nommé conseiller littéraire du théâtre de Christiania, où sa pièce *Les Prétendants à la couronne* est créée dans sa mise en scène le 17 janvier 1864.

1864. *1er février* : invasion du duché de Schlesvig par les troupes allemandes.
5 avril : Ibsen quitte la Norvège pour un exil qui durera vingt-sept ans.
Début juin : s'installe à Rome.
Août : fait la connaissance de Christopher Bruun.
Fin septembre : Suzannah et Sigurd viennent le rejoindre.

1866. Parution chez Gyldendal, à Copenhague, de *Brand*. Le livre fait sensation. Ibsen obtient une allocation annuelle du gouvernement, qui lui assure un revenu régulier. Il écrit *Peer Gynt* à Frascati, puis à Rome, enfin à Ischia.

1867. *14 novembre* : parution de *Peer Gynt*. Brouille avec Björnson.

1868. Installation à Dresde.

1869. *18 octobre* : création de *L'Union des jeunes*. Ibsen assiste à l'inauguration du canal de Suez.

1873. Parution d'*Empereur et Galiléen*, qui remporte un grand succès de librairie.

1875. Installation à Munich.

1876. *24 février* : création triomphale de *Peer Gynt* au théâtre de Christiania avec la musique de scène d'Edvard Grieg.

1877. *18 novembre* : création des *Piliers de la société* à Copenhague. Nommé docteur *honoris causa* de l'université d'Uppsala.

1878. Retour à Rome. Écriture de *Maison de poupée*, qui sera créé au Théâtre royal de Copenhague le 21 décembre 1879.

1881. *13 décembre* : parution des *Revenants*, et polémique.

1882. *20 mai* : création des *Revenants* à Chicago.

1883. *13 janvier* : création d'*Un ennemi du peuple* au théâtre de Christiania.

1885. *9 janvier* : création du *Canard sauvage* à Bergen. Installation à Munich, jusqu'en 1891.

1887. *17 janvier* : création de *Rosmersholm* à Bergen.

1889. *12 février* : création de *La Dame de la mer* à Bergen. Rencontre, à Gossenssas, au Tyrol, d'Émilie Bardach.

1891. *26 février* : création de *Hedda Gabler* au théâtre de Christiania. Ibsen met un terme à son exil et s'installe à Victoria Terrasse, à Christiania, en septembre. Retrouvailles avec Hildur Andersen.

1892. *11 octobre* : Sigurd Ibsen épouse Bergliot Björnson.

1893. *19 janvier* : création de *Solness le constructeur* au Lessing Theater de Berlin.

1895. *12 janvier* : création de *Petit Eyolf*.
Juin : installation dans l'appartement de l'Arbiensgate.

1896. *10 janvier* : créations simultanées de *John Gabriel Borkman* aux théâtres suédois et finlandais de Helsingfors.

1898. *Mars et avril* : vastes festivités pour les soixante-dix ans d'Ibsen à Christiania, à Copenhague et à Stockholm.

1899. *26 janvier* : création de *Quand nous nous éveillerons d'entre les morts* au Théâtre de la Cour, à Stuttgart.

1900. En mars, première attaque cérébrale.

1906. *23 mai* : mort de Henrik Ibsen.

RÉFÉRENCES BIBLIOGRAPHIQUES

OUVRAGES DE HENRIK IBSEN

Œuvres complètes, traduction et présentation de P. G. La Chesnais, Plon, 1930-1945, 14 vol.

Les douze dernières pièces, traduction et présentation de Terje Sinding, Imprimerie nationale, coll. « Le Spectateur français », 1991-1993, 4 vol.

Pièces contemporaines, traductions revues du comte Prozor, présentation de Michel Mayer, LGF, coll. « La Pochothèque », 2005.

Théâtre, traduction et édition de Régis Boyer, Gallimard, coll. « Bibliothèque de la Pléiade » (à paraître).

Les Prétendants à la couronne, traduction de Régis Boyer, Porte-Glaive, coll. « Lumière du Septentrion », 1995.

Brand, traduction de Éloi Recoing, Actes Sud, 2005.

Peer Gynt, traduction de Régis Boyer, Flammarion, coll. « GF », 1994.

Empereur et Galiléen, traduction de Denise Bernard-Folliot, Éditions Théâtrales, coll. « Des classiques », 2000.

Les Piliers de la société, traduction de Éric Eydoux, Porte-Glaive, coll. « Lumière du Septentrion », 1995.

Maison de poupée, traduction de Régis Boyer, Porte-Glaive, coll. « Lumière du Septentrion », 1988 ; traduction de Régis Boyer, Flammarion, coll. « GF », 1994 ; traduction de Marc Auchet, LGF, coll. « Le Livre de poche », 2002.

Les Revenants, traduction de Régis Boyer, Porte-Glaive, coll. « Lumière du Septentrion », 1989.

Le Canard sauvage, suivi de *Hedda Gabler* et de *Solness le constructeur*, traduction de Gilbert Sigaux, Gallimard, coll. « Du monde entier », 1991.
Rosmersholm, traduction de Jean Bollery et Maurice Gravier, Porte-Glaive, coll. « Lumière du Septentrion », 1995.
La Dame de la mer, traduction Denise Bernard-Folliot, Porte-Glaive, coll. « Lumière du Septentrion », 1994.
Petit Eyolf, précédé de *Hedda Gabler*, traduction de Michel Vittoz, avec la coll. de Nathalie Pédron, Actes Sud, 2003.
Quand nous nous éveillerons d'entre les morts, traduction de François Regnault, Éditions Théâtrales, coll. « Des classiques », 1996 ; traduction du comte Prozor, Ressouvenances, 2001 ; traduction de Éloi Recoing, Actes Sud-Papiers, 2005.

OUVRAGES SUR HENRIK IBSEN

La bibliographie concernant Ibsen ne tiendrait pas dans ce volume, tant il a été commenté dans le monde entier. Ce travail s'est principalement servi, outre des excellentes introductions que comporte l'édition des *Œuvres complètes* établie par Pierre Georget La Chesnais, et des préfaces de Régis Boyer à ses traductions, des sources suivantes :

A. Dikka Reque, *Trois auteurs dramatiques scandinaves, Ibsen, Björnson, Strindberg, devant la critique française, 1899-1901*, Genève, Slatkine, 1976.
Edvard Beyer, *Ibsen : The Man and his Work*, traduit du norvégien par Marie Wells, Souvenir Press, 1978.
Joan Templeton, *Ibsen's Women*, Cambridge University Press, 1997.
Ibsen, sous la direction de Régis Boyer, *Europe*, n° 840, avril 1999.
Hans Heiberg, *Henrik Ibsen*, traduit du norvégien par Elisabeth Lindell et Éric Guilleman, adaptation des poèmes par Bertrand Angleys, Éditions Esprit ouvert, 2003.
Ibsen, *OutreScène*, n° 2, mars 2003.
Michael Meyer, *Ibsen*, Sutton Publishing, 2004.

CATILINA
PAR L'APOTHICAIRE

1. *Œuvres complètes*, traduction et présentation de P. G. La Chesnais, Plon, 1935-1940, 16 vol., t. 1, p. 29.

NI MÉDECIN NI JOURNALISTE

1. *Œuvres complètes, op. cit.*, t. 2, p. 23.
2. *Ibid.*, p. 172

LA MARMOTTE FAROUCHE

1. Relevé par P.G. La Chesnais dans son édition des *Œuvres complètes, op. cit.*, t. 3, p. 245.
2. Adaptation par Bertrand Angleys, *in* Hans Heiberg, *Henrik Ibsen*, Esprit ouvert, 2003.
3. *Œuvres complètes, op. cit.*, t. 3, p. 119.
4. Hermann Hettner, *Das moderne Drama*.
5. Cité par Hans Heiberg, *Henrik Ibsen, op. cit.*
6. *Œuvres complètes, op. cit.*, t. 3, p. 159.
7. Hans Heiberg, *Henrik Ibsen, op. cit.*
8. *Ibid.*
9. *id.*

GUERRE DES SCÈNES À CHRISTIANIA

1. Michael Meyer, *Ibsen*, Phoenix Mill, Sutton Publishing, 2004.
2. *Œuvres complètes*, *op. cit.*, t. 5, p. 43.
3. Michael Meyer, *Ibsen*, *op. cit.*
4. *Ibid.*
5. *Œuvres complètes*, *op. cit.*, t. 5, p. 269.
6. *Ibid.*, p. 252

LE SCORPION SOUS LA CLOCHE

1. Michael Meyer, *Ibsen*, *op. cit.*
2. *Ibid.*
3. Hans Heiberg, *Henrik Ibsen*, *op. cit.*
4. *Œuvres complètes*, *op. cit.*, t. 7, p. 130.

PEER, LA LIE DE MON CŒUR

1. Hans Heiberg, *Henrik Ibsen*, *op. cit.*
2. Le critique belge Charles Sarolea, auteur en 1891 de la première étude parue en français sur Ibsen, qualifie d'ailleurs Peer Gynt de « Don Quichotte du Nord ».
3. *Peer Gynt*, traduit par Régis Boyer, Flammarion, coll. « GF », 1994.
4. Edvar Beyer, *Ibsen : The Man and his Work*, Souvenir Press, 1978.
5. Joan Templeton, *Ibsen's Women*, Cambridge University Press, 1997.
6. Hans Heiberg, *Henrik Ibsen*, *op. cit.*
7. *Ibid.*

8. *Ibid.*
9. *Ibid.*
10. *Ibid.*

FASTES SUR LE NIL

1. Georg Brandes, *Autour d'une vie. Mémoires*, Stock, 1971.
2. *Œuvres complètes, op. cit.*, t. 9, p. 92.
3. *Ibid.*
4. Lorentz Dietrichson, *Svundne Tinder,* Christiania, 1894-1917.
5. *Œuvres complètes, op. cit.*, t. 9, p. 60.
6. *Ibid.*, p. 97.
7. *Ibid.*, p. 103.
8. Hans Heiberg, *Henrik Ibsen,* op. cit.
9. *Ibid.*

LE CROCODILE DE MUNICH

1. Michael Meyer, *Ibsen, op. cit.*

UNE PORTE CLAQUE À TRAVERS LE MONDE

1. Michael Meyer, *Ibsen, op. cit.*
2. *Ibid.*
3. *Ibid.*
4. August Strindberg, *Mariés !*, Actes Sud, 1986.

PAS DE REVENANTS À NOËL

1. Michael Meyer, *Ibsen, op. cit.*
2. *Ibid.*

3. Joan Templeton, « Cent ans d'Ibsen en France », in *Ibsen, Europe*, n° 840, avril 1999.

4. Michael Meyer, *Ibsen, op. cit.*

5. *Ibid.*

6. *Ibid.*

LES TROLLS INTÉRIEURS

1. *Œuvres complètes, op. cit.*, t. 13, p. 6.

2. Patrick Avrane, « Freud-Ibsen, jalons d'une rencontre », in *Ibsen, Europe, op. cit.*

3. Sigmund Freud, *L'Inquiétante Étrangeté et autres essais*, Gallimard, coll. « Folio essais » n° 93, 1985.

4. Sigmund Freud, Carl Gustav Jung, *Correspondance*, t. 1, Gallimard, 1992.

5. Hans Heiberg, *Henrik Ibsen, op. cit.*

6. Cité par Hans Heiberg, *Henrik Ibsen, op. cit.*

7. Edvard Beyer, *Ibsen : The Man and his Work, op. cit.*

8. Cité par Hans Heiberg, *Henrik Ibsen, op. cit.*

9. Michael Meyer, *Ibsen, op. cit.*

10. Sigmund Freud, Sándor Ferenczi, *Correspondance*, t. 1, Calmann-Lévy, 1992.

UN MONSTRE EN FORME DE FEMME

1. Hans Heiberg, *Henrik Ibsen, op. cit.*

2. Michael Meyer, *Ibsen, op. cit.*

3. Cité par Michael Meyer, *Ibsen, op. cit.*

4. Cité par A. Dikka Reque dans *Trois auteurs dramatiques scandinaves, Ibsen, Björnson, Strindberg, devant la critique française, 1899-1901*, Genève, Slatkine, 1976.

5. Joan Templeton, *Ibsen's Women, op. cit.*

LE RETOUR DU GÉNIE PRODIGUE

1. Cité par Hans Heiberg, *Henrik Ibsen, op. cit.*
2. Aurélien Lugné-Poe, *Ibsen*, Rieder, 1936.
3. Cité par Michael Meyer, *Ibsen, op. cit.*

COMME UN TRAIN DE CHIENS ESKIMO

1. *Œuvre complètes, op. cit.*, t. 16, p. 12.
2. Cité par Michael Meyer, *Ibsen, op. cit.*

NULLE PART CHEZ LUI

1. Michael Meyer, *Ibsen, op. cit.*
2. *Ibid.*

UN SIÈCLE S'ACHÈVE, UNE PAGE SE TOURNE

1. *Œuvres complètes, op. cit.*, t. 16, p. 251.

UNE DAME ATTEND SOUS LA NEIGE QUI TOMBE

1. James Joyce, *Œuvres*, Gallimard, coll. « Bibliothèque de la Pléiade », t. I, 1982.

2. Richard Ellmann, *James Joyce*, 2 vol., Gallimard, t. I, coll. « Tel » n° 118.

3. James Joyce, *Œuvres*, t. I, *op. cit.*

4. J. S. Atherton, dans *The Books and the Wake* (Londres, 1959), répertoire des allusions littéraires dans *Finnegans Wake*, repère jusqu'à soixante jeux de mots inspirés par le nom d'Ibsen ou les

titres de ses pièces, comme dans le passage « For Peer and gints, quay-sirs and Gallyliers, fresk letties from the say ans stale headygabblers, gaingangers and dudder wagoners, pullars off societies and pushers on tothmeres's homes », qui renvoie aux titres norvégiens de *Peer Gynt, Empereur et Galiléen, La Dame de la mer, Hedda Gabler, Les Revenants, Quand nous nous éveillerons d'entre les morts, Les Piliers de la société* et *Rosmersholm*.

5. James Joyce, *Œuvres*, t. I, *op. cit.*

6. *Œuvres complètes*, *op. cit.*, t. 16, p. 279.

ANNEXES

FOLIO BIOGRAPHIES

Balzac, par FRANÇOIS TAILLANDIER
Jules César, par JOËL SCHMIDT
Cézanne, par BERNARD FAUCONNIER
James Dean, par JEAN-PHILIPPE GUERAND
Billie Holiday, par SYLVIA FOL
Ibsen, par JACQUES DE DECKER
Kafka, par GÉRARD-GEORGES LEMAIRE
Louis XVI, par BERNARD VINCENT
Michel-Ange, par NADINE SAUTEL
Modigliani, par CHRISTIAN PARISOT
Pasolini, par RENÉ DE CECCATTY
Virginia Woolf, par ALEXANDRA LEMASSON

À paraître en 2006

Attila, par ÉRIC DESCHODT
Joséphine Baker, par JACQUES PESSIS
Baudelaire, par JEAN-BAPTISTE BARONIAN
Freud, par CHANTAL ET RENÉ MAJOR
Gandhi, par CHRISTINE JORDIS
Picasso, par GILLES PLAZY
Rimbaud, par JEAN-YVES MASSON
Stefan Zweig, par CHRISTINE SAUVAT

Impression Maury-Eurolivres
45300 Manchecourt
le 3 février 2006.
Dépôt légal : février 2006.
Numéro d'imprimeur : 119235.
ISBN 2-07-030774-3./Imprimé en France

135140